蜗 牛

Snail

余怒 著

江苏凤凰文艺出版社

目 录

001　前言　林东林

第一辑

003　地平线

004　因何战栗

005　更遥远的

006　分享

007　石头阵

008　有所获

009　圆顶房子之谜

010　在什么的边缘

011　所与物

012　必要的光照

013　互相确定

014　类似的事情

015　泥菩萨心

016　昙花美学

017　自我弥漫时刻

018　熟悉的叫声

019　终了篇

020　自然主义态度

021　雨中清晨

022　八月印象

023　孵蛋记

024　没有边际

025　秋日九华，我和罗亮

026　低语

027　新世界观

028　在雪中

029　知天命之年

030　嘉树

031　情境

032　反死亡之情诗

033　没有什么是可预知的

034　正在衰竭

035　在振风塔上

036　在振风塔中

037　玻璃塔

038　不仅仅因为寒冷

039　不速之客

040　春日练习

041　雪霁日

042　相辨认

043　暗香

044 物之力

045 游泳馆里

046 万物诗

047 什么

048 诸声音

049 风景画

050 足够多

051 出现

052 算得上美好

053 差异

054 不可见的

055 午夜波澜

056 始于白天

057 试图描述

058 旅客

059 物我论

060 涟漪

061 四维鸟

062 仿象征诗

063 一隅诗

064 花间诗

065 星空下

066 房顶上，老父亲

067 街景一

068　我们世界里的秘密存储

069　比方说蓝色

070　雪山巅

071　鲍冲湖六月——致吴橘

072　夏天的事

073　期待如抛物线

074　旧居所

075　小世界

076　当它作为一切

077　药力

078　宇宙观

079　一个人时刻

080　不可追的

081　旧美学

082　新经验

083　夜晚欢迎辞

084　宅心

085　柳叶湖上（一）

086　柳叶湖上（二）

087　柳叶湖上（三）

088　麦茬地

089　山中记事

090　如此景物

091　在无名小镇休息

092　像博尔赫斯那样——给黄涌

093　并不感到失望

094　诸生灵

095　亲密

096　都是无法停止的事情

097　雨中树

098　地理上的我

099　标记

100　遗留物

101　以盲人为例的恋爱

102　巨石山

103　并非超脱和理所当然

104　茶吧里

105　某状态

106　小记

107　驱动力或永恒

108　我们需要什么有时候我们并不知道

109　作者和读者

110　转述

111　而我们是时间的

112　趋光性

113　身边物

114　女儿的卡尔曼多

115　免于心碎（一）——给潘漠子

116 免于心碎（二）——给张尔

117 免于心碎（三）——给黑光

118 恋人图示——给鲍栋、程度

119 每一日始于天真

120 色彩举例

121 我们全体

122 说不上来，但可以度量

123 而后行动

124 极目篇

125 处境篇

126 珍爱之物篇

第二辑

129 第一次

130 野兔或双尾燕

131 每个早晨都感到快乐是重要的

132 假象篇

133 自省篇

134 独处篇

135 怀人篇

136 鸟儿斑斓

137 我们身边的

138 衰老中的我们

139 对于厌倦来说

140　一天之始及仪式

141　穿行

142　早间课

143　也可以说是自然选择

144　任何时候

145　无所不在的浮力

146　树下诗

147　旅行记

148　自由体诗论

149　记忆之船

150　如呼喊——致默白

151　更加抽象

152　残篇

153　这是我想要的吗

154　有感

155　安静篇

156　不明来历

157　赠诗

158　光仅仅带来了我而已

159　雪中早晨

160　春日记

161　普遍性原则

162　仿哀歌

163　一日记

- 164　思索的结果
- 165　海边事
- 166　在桥上
- 167　听一个年轻女孩读我的诗
- 168　永远在吗
- 169　分类美学
- 170　这时应该哀悼
- 171　旅行札记
- 172　过司空山
- 173　重新做一个诗人
- 174　新辞典
- 175　雨后篇
- 176　傍晚篇
- 177　睹物篇
- 178　惘然篇
- 179　夏日篇
- 180　自然光
- 181　鄂尔多斯之行并致广子
- 182　库布齐沙漠
- 183　青草间
- 184　旷野美学
- 185　称得上爱
- 186　非暴力
- 187　诗篇

188 穿过

189 同一个

190 丛林律法

191 少数人的情诗

192 信徒

193 沙漠蜥蜴

194 各自运行

195 雨后心境

196 小教堂

197 目击记

198 地理志

199 仿赞美诗

200 酒事

201 依傍篇

202 静观篇

203 夏夜篇

204 记录

205 普通语言学

206 仍然无知

207 身边参照物

208 从未有过

209 一种知识或一次回忆

210 鸵鸟和什么

211 米罗诗

212 　亲近篇

213 　认知篇

214 　留恋篇

215 　野游地

216 　为了区分

217 　结伴而行

218 　角

219 　副作用或忘我

220 　原本安静的

221 　两个地球

222 　途径

223 　请求

224 　婴儿

225 　副本

226 　那些时候——给赵卡

227 　傍晚河堤独坐

228 　停留

229 　野外情诗

230 　河边竹林

231 　肉身

232 　小荚果

233 　群居篇

234 　默然对物篇

235 　堪比

236　状态

237　形式论（一）

238　形式论（二）

239　清晨彷徨篇

240　雪篇

241　初雪日志

242　初春日志

243　早上诗

244　山间诗

245　湖边诗

246　蝴蝶诗

247　两性诗

248　二分法

249　自惭

250　自诉

251　内外

252　瞬间记

253　后记

256　附：余怒创作年表

前言

林东林

余怒的诗歌,是写给两种人看的。

一种是还没有被诗歌"污染"过的人,另一种是被诗歌"污染"得太久的人。

前一种人从不读诗,或者说还没来得及读诗,他们干净纯粹得犹如婴儿,第一次读到什么诗就认为什么诗才是诗;后一种人要么读诗太久,要么写诗太久,诗歌在他们那里已经有了非常具体的形状、色泽、质地和优劣,他们习惯于这样的藩篱和边界。

这两种人都应该读读余怒的诗。读读,前者可以从最初就形成对"诗歌"而不是对"那种诗歌"的认识,而后者则可以自我镜照一下:究竟是自己在写诗,还是诗在写自己?

《蜗牛》这本诗集是个例外。它是写给第三种人的。在我看来。

第三种人,是处于上述两种人之间的人,也就是整个人类之中 99.99% 的人。比之于前者,他们被"污染"过;而比之于后者,他们被"污染"得又不那么深。他们，正投身于某种根植于"传统"和"集体"的诗歌趣味里，正在读着或写着那些已经"被写过的诗"。

之所以说他们应该读，是因为这些在余怒的先锋诗歌矩阵里显得另类和传统的诗歌有着他们熟悉的传统题材和自然物像，更是因为余怒以对这些表象的纳用在"迷惑"他们进而要"清洗"他们。就像他自己所说的，一个现代诗人如何处理写烂了的题材和意象如何让陈词旧句起死回生？这是核心，每一句话都是旧的，每一句话又都是新的。

最根本的地方，也即在于"新"，也即在于个体表达和个体体验。

不知道余怒在主观上是否有这样的"启蒙"目的，但在客观上应有这样的效果。

我的朋友陈强胜，多年来激赞余怒的诗歌。他激赞的原因有二。其一，他说余怒是诗人中间极为少见的"把自己写没有了的人"；其二，他说余怒"是在辩证法之外写诗"。

那么一个"把自己写没有了的人"，跟一个强调个体表达和个体体验的人，究竟是不是以及能不能是同一个人？这可能是两位的背景和着眼点不同，不同的向度产生不同的认识，所以有重叠、有同构也有矛盾就自然而然。但是没关系，重点也不在这里。

某一天下午，很少打电话的陈强胜兴奋地给我打来电话，说他巧遇了余怒。

接着，老陈说他刚才在上 Telegram。巧合的是，他手机上存储的余怒的电话提醒了对方也正在上 Telegram，然后他们就这样"巧遇"了，就在上面聊了一会儿——事实上他们几年前见过面，也互相存有对方的电话号码，但是在现实中却从没有联系过彼此。

是的，在熟悉的地方产生了陌生的感觉。

我们这 99.99% 的人与《蜗牛》里这些诗歌的相遇，大抵也会是这种感觉吧。

余怒的《蜗牛》要出版，我帮忙联系了出版。出版方要我编选一下，本来我还想逞能编选一下，读完诗稿之后发现编选就不必了，事实上余怒已经编选得很好了。

最后一点，这不是序。这么说，还不全是辈份和身份问题，而是余怒走得比我们更远，甚至比我们想象的走得还远，一个追赶者无法把握的先驱。

2018 年 10 月，于武汉

第一辑

地平线

夏日傍晚,
我去观察地平线。
那儿,一会儿,有东西跳出来。
再过一会儿,又有东西跳出来。
仿佛是为了这里的平衡。
不是太阳月亮星星,
不知道该叫它们什么。
在江堤上,我躺下来。
这么多年不停地衰老是值得的。
这么多年没有任何东西出现消失,
没有任何意义上的惊喜,
地平线从来没有抖动过。

(2015)

因何战栗

凌晨小区，
许多婴儿在哭啼。
石头在石头上滑动。
每一件东西（百叶窗、树、
流星、螺旋、现在）
都在它的位置上。
我对占据一个人
这么大的空间感到愧疚。
而水晶，甘愿让出它的
内部：结构主义的欢愉。
我可以一部分一部分地死去，
以此减少痛苦同时孤单纯粹。

(2015)

更遥远的

不知道"同一"
"现在""永恒"所由来,
那是象牙雕刻的。
刚出生一小时的婴儿,
啼哭着,找寻乳头,
孤寂和依恋所由来。
恒星正在变成白矮星。
绝对的金字塔和关于它的物理学。
我知道另一个星球上
的很多事,却不知道
这里发生了什么。 茫茫中,
接受某种停顿。 固态火。 冰冻鳕鱼。

(2015)

分享

野生藤蔓,
沿着木头架子攀爬。
那是我为它准备的。
我想从自然之物那儿分享战栗。
(像从冰块上,敲下一小块冰。)
或者站在橘树下,
摘下一颗橘子,拿在手中,
用众所周知的语言谈手中的感觉。
极简主义的我,有一颗灌木之心。
坐在石凳上,左手
抓住右手,保持住沉默
(信任它并依赖。)让我成为我的诗。

(2015)

石头阵

将石头垒成
一圈,站在里面。
我对圆圈不感兴趣,
也不是有什么疑问,
针对被蒸发后
直立的原野,
它的伪装机制。
大石头,小石头,圆的,尖的。
这使我想到我这个人
并非与生俱来,横穿
两个世界(因为遗忘)。
切割立体的琥珀宁静。

(2015)

有所获

清晨我写下第一个句子,
来到户外。
我在考虑,什么是
"巨大的东西",尤其是
那"巨大"为何物所容?
横亘于水库上的一座桥,
远处柿子树上的一树柿子,
更远处黑暗星球的大气层。
我想我应该属于
极少数无知的人,
在花丛间获得静电,
在雨中获得雨滴。

(2015)

圆顶房子之谜

早上八点钟
至九点钟,是写作时间。
通常我不干别的。
远处有一栋圆顶房子,
房顶上有一架天线。
我穿着新布鞋,走过
条纹石路面,靠近它。
一边想着刚才的句子,一边
好奇于那房子里的主人。
迷茫是我之一种,但仍不确定。
我感到身子的三分之一在旋转。
我变得不能识别事物,也不能说话。

(2015)

在什么的边缘

首先是
我不能预知未来。
坐在窗前,看窗户
如何移动(这种错觉很有意思)。
在许多人眼中我变得无法解释那么什么是
时间呢它不能没有名称我不是法外的游鱼。
接下来,看见窗外
有一棵石榴树。
也就是说,虚无正以石榴树
及其石榴的方式呈现在那儿。
我不相信虚无但我相信一棵石榴树。
或者无边无际。

(2015)

所与物

除非列出清单:
明亮、清澈、湛蓝,
这些形式因素;
云间悬空的山顶、
经窗户收束的光线、
八岁女孩的毛绒绒卧室,
这些具体情境。
仍然说服不了任何人。
看见海棠花。 触摸海棠花。 感到海棠花。
你与清早五点钟出现在巷口的
早点摊老板,谈一天的收入和空虚,
像两个诗人,谈各自的诗句和空虚。

(2015)

必要的光照

每日必要的光照,
在欢爱之后,像言语。
世界必要的开始,
被称为"反复来去的此刻"。
围绕一个中心而转,
它是一个角,转成
圆锥。 言语中的含义。
光从窗外照进来。 年轻的,
在屋外问,年老的,
在屋里答。 有所隐藏。
"这是真的吗?" "不,我存在过,
并保存过古老的忧郁。"

(2015)

互相确定

正在消逝的部分。
有一个窗口向外。
我确定我醒着并且还在这里。
我喊起同室的伙伴,互相
确定。 然后我们来到屋顶上。
很多建筑,高过
我们的屋顶,被雪覆盖,
吱吱嘎嘎摇晃;共振的还有
香樟树、华椴树、刺槐。
这时,我们可以用任何名称
称呼任何事物,不会因
一时找不到相称之处而恼怒。

(2015)

类似的事情

诱惑不止是
一个男孩,将手电筒
吊放到井中,看到光的
另一种存在。
在清空杂物的小房间里,
我做着与之类似的事情。
作为对不安的一种表达,我写诗。
把长句子截成
若干短句子,着眼于
疏密处。 节制那些不安。
把小水罐放在大水罐旁边。
听觉呢? 无翅鸟啄细叶菊。

(2015)

泥菩萨心

老人在慢跑,
产妇躺在洁白床单上,
儿童戏于浅水。
我也是沉默之人,
有一颗泥菩萨心,
——这是骨关节,
有它即可转动,
没有它,是死肉体,
松垮的肱二头肌。
(可以将雨中的仙人掌
看作"沉默"的替代品,
也就是承认自己的软弱。)

(2015)

昙花美学

我们喜欢描述
眼前的事物。
雨中闪电，
爆炸前的千分之一秒，
大喊一声后的寂静。
特殊的心灵所产生的幻觉，
被说成是真实所见。
——用昙花的语言
描述其他花。 例如，
沙滩上，年轻女子胳膊细长，
牵着女儿。 她们穿着泳衣，
无损于她们的神秘。

(2015)

自我弥漫时刻

凝视玻璃的表面,
控制目光,不让它穿过。
(将某种悬空状态
制作成一个铁模型。)
凝视一小时。 这是刚刚
擦拭干净的窗户玻璃。
过滤一天的光线,
微弱的和强烈的,
室内陈设和窗外景物。
世界复述世界
(一个表达世界的世界)
从头到脚,我们被吸收。

(2015)

熟悉的叫声

在越转越昏暗
的地球上,孤单地坐着。
鸟雀发出啾啾的声音,
无线电发射器发出嘶嘶的声音。
但我尚未绝望到
拿起一个玻璃杯,
用舌头舔里面的空气。
我纠正一个孩子,使他
说出来的话变得让你坐在
半空的钢索上也无法听懂。
从两极开始的欢叫,朝胸腔汇聚,如果
在信号繁忙的五月,我独自是一个星球。

(2015)

终了篇

水面上的视觉。
与此相反,
圆圆穹顶下的恍惚。
其中心脏的作用,眼睛的作用以及
与之关联的躯体。 各自的循环。
树木的形态,并不影响我们,
它直立而树叶重叠。
许多东西透明而绿。
包括悲伤,
诗。
悲伤的成分是绿松石。
明天我的诗会粉碎我。

(2015)

自然主义态度

我研究各种声音
包含的自然力量。
孩子哭。 纸尿裤湿了。
让他孤独地面对一个布娃娃。
（笨拙和懦弱，互相理解。）
一个人走路，跟着
路人的歌声轻哼。
窗口处的盲人，朝
有人说话的方向挪移。
仿佛一开始就如此。 在那儿
等着你。 生来如此。 像递过来
的一只手，怕冷似的缩成一团。

(2015)

雨中清晨

雨中清晨
的杂乱感:
火车站里刚刚停靠的列车,
发电厂里不断升温的磁场,
寺庙里僧尼的乱性,
飞机上空姐的宁静。
这一切有待梳理,
穿上衣服,继续闭目做梦,
像雨伞上滚动的雨珠,
不对时间产生怨恨。
单纯地叫一叫,并在
雨声中保持叫声的差异。

(2015)

八月印象

八月间慵懒,
老年人小幅度的、
暮气沉沉的运动。
简单的臂弯运动。
眼前的、直接的
印象主义令人心碎。
而炎热是垂直的。
鸟飞起来,获得无数种形式。
它的下面,站着一个催眠师。
(展翅之鸟只是作为他的执行者。)
更多忧郁的软体动物,
悬挂在槟榔树上,被腐蚀。

(2015)

孵蛋记

失去感受力,
你难以察觉。
慢慢失明的单身汉,
假装怀孕的妇女,
被牵着的导盲犬。
遥远的国度很美,你无缘前往。
爬山,从索道上,从索道下,
什么风景都没看到。
有一次我喝醉了,
趴在马路牙子上,
一位好心人俯身问我怎么了,
我回答:我在孵蛋。

(2015)

没有边际

清晨无边的释放性。
天空突然放开湛蓝。
像病床上刚缓过气来的
老头的喜悦。
愿意吗？ 交换位置：
躺着或坐着。
一只猫，跳上窗台，从
十二楼掉下，翻身逃走。
自由的翻滚。 自由的恐惧。
因于直觉的自由落体。
我们不谈死亡，
我们是宁静的。

(2015)

秋日九华,我和罗亮

山上的花草枯了。
年轻的尼姑带来
视觉里不稳定的效果。
这时我想大声朗读我的诗,
或罗亮的诗,或辛波丝卡。
或走上前去,婉转
问她几个小问题。
不依附于他物,
整整一座废弃的园子。
有人说"沮丧",有人说"欢喜"。
空旷和满盈同时为我
所感知:树木弯向地面。

(2015)

低语

桥下，一条蛇在游泳。
脑袋昂起，凝视我数秒钟。
我觉得它传递给我
一种信息（这完全可能），
但究竟是什么，我也说不清。
河堤那边，椋鸟、
野猫和黄鹂在叫着。
各种语言的使用者不相
往来的妙处——谁安排的？
这些都是空间问题。 还有这些。
那么长时间我在桥上，
感受流星的微小辐射。

(2015)

新世界观

有一种东西,
专门吸收蓝色。
你说它是梦吧又不是。
天那么蓝而天那么蓝。
我对活着的看法,
跟以前不一样了。
走在上班的路上,
看到一群麻雀,围绕
静立的塔吊,反复做
水平运动。 我看出它们
是一群怀孕的麻雀。
那种飞有怀旧感,停不下来。

(2015)

在雪中

那应当是雪。
脸贴着玻璃窗我在想
五官的构造。
看、听、嗅,多么奇特。
最后通过抚摸来肯定。
这是一株仙人掌是的仙人掌,
这是冰凝结成的楼梯,上面有脚印。
雪人、流浪狗、被雪压垮
的路边汽车、丢在
雪地里的手套、反光。
想想它们之间的关联:某一时刻因某个人。
不知什么时刻。

(2015)

知天命之年

很多植物,
我都不认识。
我在想,有无必要
五十岁学一学植物学,
把其他书放到一边?
丝棉木,忍冬木,无花果树……
它们拥有将一切
变成我,而使我难以
辨认自己的超自然力。
言辞变得朴素,像梵语。
从中分出片刻的我,
专注的,一颗金黄玉米的静谧。

(2015)

嘉树

老了我爱上萧瑟。
山坡上三两棵松树,
周围很多暗物质。
世界自己说出来。
(它说的,都在那儿。)
何谓"感觉":雨后松针。
但没有人真的要求痛苦,
在金钟旁边,要求石榴花。
我身上的变化我知道。 松针
落地时的轻轻弹跳。 在我抚摸过
的树木中,唯有松树,
能够帮我平复心情。

(2015)

情境

戴着耳机,
走在回家的路上。
一座大厦的侧墙,
观光电梯急遽上升,
里面一群人,被迅速压扁。
一个年轻女人,脸抵着
钢化玻璃,在看她自己。
路边一个孩子,在往树上扔麻雀。
无疑,它还活着。 翻个身即飞。
这些都是无声的。
我想起某日,坐在朋友家中,听他聊天,
突然想到了什么,缓缓摩挲椅子的扶手。

(2015)

反死亡之情诗

我们谈论的
那个人,缓慢,
挪动在抽掉了
空气的病房里。
她站着睡着了。
处于真空状态总会使我们
想到那是死后的我们。
不可名状之物,是那蔚蓝。
我愿意为它整天不说一句话,
像水中的鹅卵石,被磨平。
把我的耳朵放到她
的耳朵边(这么感知我)。

(2015)

没有什么是可预知的

简单的快乐
——他们要求我。
这是甜蜜的伦理。
运动的因果律。
二十岁的我,已被我忘记。
也没有那么多空间,
让我记住多年前的那些人。
抱起五个月大的小哈士奇,
忍受它受过训练的凝视。
它正在变得难以捉摸——
莫名其妙的球,在卧室里
滚动,撞倒许多桌椅。

(2015)

正在衰竭

现在我甚至不能
注视一株紫荆树。
然后走过去,摇晃它,
使之散发出芬芳。
由具体的植物,
而知非我之我,
只有花朵和荚果两种形式。
所有的悲伤都具有反物质性,
或从来就没有悲伤这回事。
我盯住自己的手,
在桌面上画弧线。
似乎受什么控制。

(2015)

在振风塔上

我来到塔上。
没有一个游客。
对岸的芦苇丛,
突突驶过的拖船,
觅食的绿头鸟。
这是由黄昏弯曲而成的世界。
其中,斜坡屋顶、折腰屋顶,
一座塔:它被我置身的空。
这些可用以解释梦境。
我们是时间性的动物,
又有着间歇性,同时
并存,是行星也是流星。

(2015)

在振风塔中

我来到塔中。
中间一根柱子。
木制的,上面有留言,
一些符号,指甲的划痕,
对某人的呼唤("她是
一个可放大缩小的模型。")
现在,只有"此刻"这个
有形物,而不是自塔顶
悬垂下来的这根柱子。
我思考它们,但要谢谢感官。
它与筑巢于此的母斑鸠的感官
有一些不同。

(2015)

玻璃塔

黄昏时,满目的
斜曲线和圆柱体
飘浮在空中。
这是快下雪了。
那些忧郁的建筑,
教堂、图书馆、医院大厦,
无一物因其静而独自存留。
我站在窗边,学着观察星星,
想想它们,再想想
一些更遥远的事情。
我真该是一个瞬间,
或一座关得住瞬间的玻璃塔。

(2016)

不仅仅因为寒冷

冬天带来许多问题。
山上积雪,爬不上去。
爬上去也四顾茫茫。
在山顶上我想
那被人称作"我"的
一团东西它是什么?
还有河水问题。 古老的水中生物。
我看见一个人,抱着
湿衣服,坐在铁栏杆上,
双腿悬着,望着河面。
他在盯着什么东西看。
波浪因为不动而不像波浪。

(2016)

不速之客

冬天让我们知道,
忘了其形体的某个人,
并不存在于身体之外。
她来敲你的门。
此时若没有
一点儿惊讶,
那即是直觉。
树上结了个很小的果实。
你爬上树梢,摘了它,
将它与周围的一切剥离。
那是关于时间的科学(关于她,
她的外在表现),尚可让人接受。

(2016)

春日练习

在山坡上野餐。
紫地丁比梨花更有意思,
不是因其紫、其慢。
某些时段,妙至中断。
我常常会选择一两个
不合语法的句子来描述:
女儿嗓音;织物上,
细密针脚;昆虫醒来。
瘦鸟直直落入荒草,
仿佛荒芜是它的自我。
我也试着这么将自己
放入山顶的澄明辽阔中。

(2016)

雪霁日

天亮时雪停了,
有突然挣脱之感。
桥那边,一个人
慢慢倒向冰面。
冰窟窿里的冰碴。
地球停转般的死,
冰柱融空般的死。
倘若说正在死,或
自我完成:扑腾或游动。
我时常觉得自己
是个回忆型病人,
还记得那么多失败。

(2016)

相辨认

在无知觉状态下,
吃下一颗桃子。
正是这颗桃子,
提示我在。
我正在这儿坐着。 在椅子上。
屋外,夜间锻炼者的跑步声。
地板上,某人寄来
的包裹,尚未拆封。
五十岁,内心欲念
变得清晰:我拥有不同时候的我
——他们还是被保留了下来。 也可能是
某种透视所致。

(2016)

暗香

悬浮列车,
停在铁轨上。
飞鸟在空中拉直自己。
它们的前面,一对
手牵手的年轻男女,
听到什么一齐回头,
与我视线相触,没有搭话。
傍晚,幽冷阒静。 他们
即世界。 那尺度,唯一的
(这么说也对)。
在久已无人居住的木屋外,
周围暗香莫名(不得已称之暗香。)

(2016)

物之力

我描写过
松鼠在松枝上的情形,
扭向颈后的头,惊恐;
一个孩子,属于他的
电动娃娃、塑料枪支,
种类繁多的藏品。
对世事迷惑时,
任何小物件,都是诗。
(大概是这个意思。)
我呆坐时下起雪来也好啊。
纷纷扬扬而迷迷糊糊。
在露台上,让雾漫上膝盖。

(2016)

游泳馆里

时间变慢了,
喊声便听不见,
还有一个原因,这里是圆顶。
(难以判断,也许是几何问题。)
我坐在这里,一个下午,
泳池里和旁边,静悄悄的。
她一会儿漂浮到这儿,
一会儿漂浮到那儿。
看上去,不,听上去
就像一束超声波。
这时候你会感到
拥有耳朵是可耻的。

(2016)

万物诗

将眨眼间看到的，
予以抽象，了解
那些与我共处之物。
六点钟：半个圆弧；
体积庞大的
城郊的昏暗：矩形；
悲伤：一个菱形或
方方正正的铁块，内有
绵长、抽取不尽的铁丝。
让我附着某物。 保存
可塑的、可不断截短
的绵长如昔日困惑。

(2016)

什么

水面上踩水的孩子,
一定看到了什么。 在水底。
他扭头朝我张望。
我装作没看见。
在溪间斑驳岩石上,
我坐着,没有动一下。
没有一个我愿意光身
与之交谈之人,但此间有正在
结果的山楂树、枣树、毛栗树。
在它们的下方,
水中足移动轻柔。
清澈里寂然无声。

(2016)

诸声音

有时我想来一次
轻微的精神分裂。 或类似的。
榕树一样的伸展。
房子里的人们
在唱歌,伴奏的音乐
调得很大。 有人砰地
打开啤酒,四处喷溅。
我经常穿过一座
有池塘的小公园,
走到他们的房子外,
听一听里面的叫喊,
并与池塘里诸声音相比较。

(2016)

风景画

雨后原野,
愈往远处愈起伏。
风吹过一遍依然黝黑
的天空的质感,如铁和
玻璃的浇铸物。 哦还有,
我们真实地现身于那儿。
这是在风景画家
那里得出的结论。
(因为你们构成了我们。)
点线面的关系和某种亲缘。
像咏叹诗行间的插图,
滴入悲伤眼睛里的清凉滴眼液。

(2016)

足够多

夏日来临,
我考虑如何
保护我的忧郁:
卧室里放冰块,
四周装上镜子。
我仍能被眼前的旧东西吸引,
就是说,我仍有可能继续存在。
躺在凉席上,听压路机
的碾压声。 四周有
四个世界——我和
这一个。 那一个。 还有远处的
那一个。 它们是早上刚分割的。

(2016)

出现

在房子里写作,
不由自主会写到
灰暗和阴凉。
房子旁边,有个水塘,
看得见塘底的石头,
蚕豆和豌豆开始挂果,
这些都显得很古老了,
像是常常被翻阅但
不被理解的永恒作品。
这并没有使我更孤僻。
我每天走出房子三次,
以保证人们能看到我。

(2016)

算得上美好

常常有长腿鸟儿
飞过屋顶,每次,
我都伸头看一看。
碰到书中夹带的性描写,
我也津津有味地看一看。
两相比较,说不上更喜欢哪一个。
我家小阁楼上,有一把
旧的雕花木椅子。有时候,
我会上去坐一坐,
抽支烟,想想事。这应该算得上美好。
而窗外无花果树笔直的寂静,
也如我服药后的心情。

(2016)

差异

五十岁所害怕的
与二十岁时不一样。
第一次坐飞机或跳伞;
看见布娃娃转动眼珠;
窗台上的海棠,令人不安,具体些说:
白。 纯白。 (它还只是开了一半。)
什么痛苦喜悦,
无法收拾,
好似沉船被打捞出水面。
那一年在额尔古纳,冰天
雪地,一个目盲女孩对我说:
"我拥有雪后的平坦。"

(2016)

不可见的

此刻安静表示:
时间将在早晨
追上我们。
在窗前,我轻声说:
"谢谢光。"它使这个房间
扩大了一倍,却仍然
保留了一些东西。
那里你站过的地方,现在
是一个空洞(还在移动呢)。
我看不见它的里面但
触摸到它的边缘,就像把手
放在裂开的带刺球茎上。

(2016)

午夜波澜

在书架前,
放下手中的书。
换一本新的,也只是
随便翻翻。
这么多藏书,没有一本,
可以衡量我的损失。
楼下的人早睡了,呼噜如
海豚。 我也只得躺回到床上,
无奈于一天睡眠的必需。
知道我是时光出现于此的缘由,
也知道某一日伴随其消失的必是我。
有人隔墙说话,整夜骑着鲨鱼。

(2016)

始于白天

冻僵的飞机，
悬垂于栎树丛上方，
旁边是坍塌了
一半的通讯塔。
从早晨开始，你的世界
转入三维，并被用于
实用的目的：耳目
屈从于醉酒的头脑。
在凝固成冰柱
的喷泉边，你坐下来揣摩
那边窗户里伸出
的一只手的含义。

(2016)

试图描述

黑暗中,一个女人
的声音说:晚安。
她的身子(扭动着)也像是在这样说。
撞到一件家具,将其撞倒。 接着是
另一件。 或者是在拉抽屉。
安静仿佛与一个
圆锥体相互作用,
产生更不规则的安静。
她站着,被很多
丝织皱褶一样的东西环绕,
如同陀螺,被不确定性环绕。
她说晚安,向后倾倒,并且旋转。

(2016)

旅客

一个秋日午后,
我坐在码头上看书。
一艘轮船因故障停泊。
几个男女倚着船舷,笑着望着我。
多年前,我也坐过轮船,也那样
注视过码头上的人们。
为同时存在而相互惊奇,
按捺住不喊对方。
来之地和去之地,漂移变幻。
我从不为身在书中还是身在
现实中而为难自己,觉得哪儿不对劲。
永远都有不知身在何处的恐惧净化我。

(2016)

物我论

在一天中，
布置几只鸟儿。它们，
区分于空气的"无形"。
在空气中挖出一小块
（鸟儿形状的窟窿）。
布置几棵大树。
圆形叶表示"静默聚于此时"，
针形叶表示这静默仍在不安中。
将它们与房子里的人联系起来。
不知是那些鸟儿安排了世界，
还是那些树木安排了世界。
它们都是我的轮廓（也就是现在这个样子）。

(2016)

涟漪

池塘里,
房子的各个部分,
被拆散,顷刻又恢复,
像是另一所房子。
我想到它在我的眼中以及
本是物的我在别人的眼中
莫不是。(有一个
脱身独自运行的心脏。)
高高的枞树上有鸣蝉,
自然予忧郁以广大宁静,
像晚上的吹拂,
第二天成为我的作品。

(2016)

四维鸟

身边的朋友,
一个个逝去,
夜里,他们一个个又回来,
穿着大他们一倍的旧衣服。
雨天里的幻视幻听:
枝枝丫丫一团绿。
想象一只四维鸟,坐在你的
对面,卸了翅膀,赤裸相对。
戴上特制眼镜,你才能看到它。
它使用它的语言鸣叫,你使用你的。
叫它上帝。 并相信
这一次这个上帝是真的。

(2016)

仿象征诗

在早晨写诗,
不被约束。
在黑暗的小屋,
被关了三天之后,
随意回答屋外的一声
没有含义的喊叫。
自塔尖向四周,早晨在继续展开——
失去飞之能力的孔雀,
在视觉上继续完成身体。
我在诗歌中,
像微风在透明中,
类似一种柏拉图。

(2016)

一隅诗

醒来后,
下了一阵雨,
由此而知:静之极限。
趿着塑底拖鞋,在卧室里,
吧嗒、吧嗒走动,
想以此告诉隔壁的人,
这不是一个空房间;另外,
有人活着。
(仅仅让人获得
"在这里"的感觉。)
知道什么是静之无垠,
在其中如光线一般潜泳。

(2016)

花间诗

梨花樱花同时绽放时,
我坐在院子里的土墙下。
不知道自己在想什么,
被他们说成"忘我"
也不晓得如何回应。
在人们眼中,我是迟钝的,
但这一次不——
有梨花和樱花。
这里的三月至四月,
很多事物很有意思。
我注意到我的内心,
不再为无知无觉和不听使唤而困惑。

(2016)

星空下

支撑头顶群星的、
圆柱一般的、恒定的,
傍晚和它的暝色,
有如一种自我,
对我们关闭。
想起我们年轻时
所记录的痛苦——
夏日沙漠
的磁性和无穷性,
像明亮一样开阔,
像早上窗前的男人,
站一会儿愿意继续去睡。

(2016)

房顶上,老父亲

傍晚他在
房顶上忙碌。
为他的一小块
甘蓝菜地除虫、浇水。
我上来时他正将一把
玉米抛向空中的鸽子。
我喊他"爸爸",他没有回答。
直到鸽子们随玉米
落下他才答应一声。
他望着我的样子仿佛
我是他的某只初飞的
鸽子落在对面的房顶。

(2016)

街景一

雨后的立交桥,
弯曲得更厉害。
很多车子,无声驶过。
很少的人。
我的前面,一个盲人,
向前伸着盲杖。
还有一个孩子牵着一个老人。
那么,我想说话。 而且我知道
我走在桥上时有人也在桥下默默走着。
雨后这一段间隙,
远处塔尖的明和暗,
像永恒开始时一样。

(2016)

我们世界里的秘密存储

夜里,走在两旁
有石榴树的路上。
系了一天围巾的脖子,
默然四顾时咔咔作响。
石榴绽开了。
空气中飘浮着
不同种类(形状)的孢子。
这些我们世界里的秘密存储。
我的快乐,我愿意找一只
什么动物来分享。 只要它
有感觉,
足够友善,不是人类。

(2016)

比方说蓝色

我们总想知道
一切是怎样开始的。
她说:"我有点爱蓝色。"
于是我们便猜测
那蓝色到底是怎样的。
身体对我们的损害,
艺术对我们的损害,
告诉我们怎样躲避。
她证明了:怎样制造
一颗蓝色彗星以吸收
整个地球。 每个时刻。
每个时刻及其轴。

(2016)

雪山巅

二月青翠尚虚弱。
垂榆树丛被压低在
乱岩路边碰着我们的额头。
沿山麓耸立的雪，整体
默默移动时谁也看不出，
以不损害我们的知觉为限：山顶
保持着清晨的完好无损。
我们始终在
鸟鸣的一侧走着，不是
因为害怕——这多么好。 我们像
野山雀一样交谈，以漫长无尽
的溪流传递幽凉的方式。

(2016)

鲍冲湖六月

——致吴橘

鲍冲湖六月灼热湖水中
女人的世界观在百亩之内。
船头碰垫触到波浪你
不知道躲闪,裙子湿了,
换上了我的衣服,宽大
足够你在其中蜷曲一圈。
你清醒过来转身。
乌鲇以头撞击水面而
小青脚鹬坐在水面上。
周围水体在运动,我们
正施予其反向力犹不自知。
清澈令人想睡过这一刻。

(2016)

夏天的事

十二岁那年夏天,父亲
带我去朋友家做客。
晚上,他和一群人
喝多了,抱着椅子唱歌。
我被安排到小阁楼上睡觉。
一个高个子年轻女人,走到
我的床边,轻声说:"晚安。"
她背对窗户,看不清她的脸。
现在,当我在电脑上,
敲出"晚安"这个词语,
肩膀还在发抖。 尽管我
今年五十岁,经历的事不计其数。

(2016)

期待如抛物线

期待如抛物线。
那些你白天以为
忘记了的人,在
某个雨夜,与你
在走廊上迎面相撞。
你望着抛向楼下的
翻卷着的一件女式
衬衣所产生的想法,
犹如面对匿名之作。
"在石头建筑里,让我
迷茫一会儿。"你走出来,
它在你的身后合拢。

(2016)

旧居所

将手电筒从窗户
照向居住过的屋子。
光柱里的灰尘,闪烁跳跃。
屋子及外面,
我们因其而显现
的这空间,它的四个面,
各自转动:巨大的石磨,
低音频的轰鸣。
四周在升起,我们也随之而起落。
某一天,摆脱它,
像刚刚穿过沙漠,
嗅到带雨的空气。

(2016)

小世界

两棵夹竹桃之间,
男孩在雨中跳舞,
他的伙伴,一个
鱼骨辫女孩,在一旁,
握着半个梨子哭泣。
如果在从前,我会
走过去,问问他们的事。
现在,我懂得了这何其残忍。
小世界,需要一定比例的安静,
需要大自然自己说"你好"。
树、房子、云朵,
和天空大地间的垂直感。

(2016)

当它作为一切

必要的是
喷泉中的荷花。
孤寂围绕它,像我
五十岁时接受欲望,
接受心脏搭桥后的心跳
——有一些杂音。
水静静凸起,在石池中,
它的静由流动决定。
(水中建筑)未完成。
必要的痛苦也如此:
有奇特的外形,作为
一切,像雕刻的荷花。

(2016)

药力

"我知道大象是什么,
昙花是怕光的花,
白色所受的压力最小。"
下午,一个醉酒的流浪汉,
在墙角,双腿盘着,
教我下棋。
以上这些话是他说的。
而我知道一些他所不知道的事情:
有一种药,叫"麦司卡林",
来自仙人掌种籽。
它曾使我目眩七小时,
极度迷恋光,舞动过一头大象。

(2016)

宇宙观

当我还是孩子时,
我想建设宇宙。
这当然可笑。
站在桌子上,往下跳,
为某种幻想做好准备。
这么对待生活,也很可笑。
想象一个人跳伞,降落伞
一时打不开,而天空
仍在无休止地飘落。
这可笑吗? 不。 这实在是
一种艺术:有多大的困惑,
建设多大的宇宙。

(2016)

一个人时刻

那部分昏眩。
像婴儿刚有了自我意识,
在房间里无法描述。
清晨的感觉,是不可靠的。
往往要到半夜,小贩们收摊了,
城区的灯光熄灭大半,
你一个人开车来到郊外;下车,
在一颗无名孤星下,
对着路旁的草丛小便。
从倾斜成六十度角的坡顶扑面而下的
一排黄杨树林,像来自陌生人的友谊,
而远处围拢过来,像老朋友。

(2016)

不可追的

灌木在发芽、变绿。
那些脆弱已被忘记。
还有形体、颜色
更为持久的乔木。
一个从遥远的过去发出的,
从遥远的木星那儿撞回到这儿的
一个涡旋——有人被它塑造
——一群女人,穿过竹笋林。
夜空对于孤独,
是一种原始安排,
在竹林间环绕一所旧木头房子
的敞开式长走廊上,我想拥有。

(2016)

旧美学

年轻时我喜欢
静静的花和
低头走路的鸟；
喜欢一组对立的：
高远和安静。
（花不知脱身之妙而鸟知，
一如我非盲人而不知颜色。）
这还不是最悲伤的，最要紧的。
你看，一头刚刚解冻的鸟（会轰然
崩塌吗？），站在
浮冰上，抱着翅膀。
外部看不出什么变化。

(2016)

新经验

站在窗户边,
等一个电话响起。
我知道手伸到窗外摘下树上的
一个苹果并抚摸它那是新经验:
朝仿玉器皿中
投下的一束绿色;
相对的,静谧喜悦
几乎是一种温润陶瓷的昏暗。
你看不见我吗,在移动于
空中的那个苹果旁边?
我依旧在这里(站着)并且游动。
不久,剩下的一切都会这样游动。

(2016)

夜晚欢迎辞

流星遇冷收缩,
萦绕白色雾气。
朝一侧倾覆的夜空,
失去了天尚亮时
平衡它的一些东西,
西南角和东北角。
一群孩子,沿着铁轨,
排着队,模仿
列车飞驰(这本该是
病中老人梦幻所为)。
但这儿,还有温和星光垂直的绝对;
清水潭,自潭底开始的向上的反射。

(2016)

宅心

我有过无数种信仰。
在钢结构房子里我
信仰自然,在野外,
我又渴望回到城市。
我信仰上帝,然后
信仰丛林法则,认为大象
有一颗脆弱的灵魂,然后
我信仰鹭鸶和更小的翠鸟,
把它们看成是无辜的。
我信仰孩子和他们的宠物犬,
它们围绕他们叫唤(某种祈祷仪式)。
仅仅叫唤就够了,安慰它们的信徒。

(2016)

柳叶湖上(一)

坐在船舷边我谈起
诗的结构。
水和波浪的关系:心情结构。
湖面上有风,
船载着我们滑行。
几个小岛、迷茫忧郁、
各种水鸟的各种声音、
远和近之间的穿梭相见,
如同钻石的琢面,
横竖线条的茫然抽搐——
扩展了我的诗——来自
左右方向的反向力。

(2016)

柳叶湖上（二）

搬一把椅子到
船尾，坐坐片刻。
都来看流水啊。
我们、天空和湖面，向上向下
的吸力，鸟儿试探性地
萦回。 这里如
早上的醉汉之梦
（你可以假设他珍惜悲伤）。
让船停在湖中央，
想一想活了九十岁的
某个人的奇特命运（讲他的故事），
以及红嘴鸥的湿润内心。

(2016)

柳叶湖上(三)

船前行时,
推开船窗看,
一切明朗,不容分辨:
岸上人、岸边树、
梯形高楼和涡状天空。
鸟儿知道空阔,
而空阔在旋转蔚蓝。
(我们的感受是一样的。)
将湖水装满玻璃瓶,
带回家,放在书架上,
在工具书和众多诗集之间。
疲倦了看看它,以为补偿。

(2016)

麦茬地

踏进麦茬地,青蚱蜢
纷纷惊惶飞起,
像是刚刚
从你身上唤醒的某种东西。
(而且是懒散、无用的东西。)
现在是傍晚六点钟,
一天闷热,树木仍然绿着。
有翅动物们各自选择
一小块天空飞行或滑行。
多么自由啊——而不会伤害谁。
失去听觉的一颗心,
和纯视觉世界。

(2016)

山中记事

在山顶上,
坐下来,喘口气。
这次登山,来自朋友的邀请。
看到山间圆月,
他开始尖叫。
他指着它,让我一起看。
可我想告诉他我的想法。
这是十二月末的一天,
已经听不到溪流的声响,
圆月转动得很快而繁星
构建了一个崭新的四周。
我没有孤身证明所见的伟大动机。

(2016)

如此景物

八月的乡野，
不利于我的痛苦，
只会让人羞于其神秘。
远处有野树湖泊云朵，
我心中有一层世界在变蓝，
（此澄澈力量不易获得。）
如果这时，有人告诉我，
我们不会始终活着，我当然会受不了。
但要是我独自领悟出来，
便会转而向四面八方致谢：
静默及其蜂鸣；无花果树
及其无花果；如此的现在。

(2016)

在无名小镇休息

由栎树林穿过
榛树林,看到一些果实。
从自然界回来的身体
携带的气味,一整天都好闻。
我是说深夜自我陶醉的
方式可以这样也可以那样:
掀起衬衫或直接脱下裤子。
因为我关心的很多事都在变坏我
不得不专注某一个哪怕它
发生在地球的另一边。
世界只剩下一个小镇,
这并非抽象的地理知识。

(2016)

像博尔赫斯那样
　　——给黄涌

我也企望
像那些伟大的诗人一样，
把阅读和写作当作生活。
但到了这把年纪，已经
无书可读，知晓语言与文字的关系
只是自由诗与花鸟哲学的关系。
眼疾被治愈的眼睛，视野因之变窄。
而写作，是与等待你的万物相会，
在特定的时间，它们犹如
巨型昙花——尽管有上万个名称。
你常常会错过它们。 不知道这种事
会发生一次、两次，还是从不发生？

(2016)

并不感到失望

日暮时分一切
看上去无边际。 我也装作
忘了我自己,将目光送至最远处。
湖边,三两好友在
朗诵我的旧作。 有人将
脱去鞋的脚放在湖水里,
引来一群细如针尖的小鱼。
那是很久以前的作品了,
当初写它时的心情
应该不错。 但我忘了。
这么多年构成名为
生活的东西并不多。

(2016)

诸生灵

早上的生灵,在窗户下,
还有更早的,在田野里。
阳光在乔木间穿行,
使人产生"灵魂的
排列方式是否
完美有序"之类的疑问。
有人在弥留之际,
保留了对光的感觉
——大房子的小窗户。
(单单从感受方面来说,它是
菱形的)。 摸上去冷。
像反复无常那么冷。

(2016)

亲密

冬天我写下一首诗，
致死亡。
不把它看作
一个奇异现象而
看作一个人。
肩并肩，同我朋友般地
走在雪地里。（区别是
我有足迹它没有。）
好像一个情人温驯地
执行它的梦游计划，
偶尔也被允许
一部分迷失。

(2016)

都是无法停止的事情

十七岁,那时我
还不是诗人。
第一次跟随年长的
同伴远游,住的是野地帐篷。
有天夜里我醒来,
感到自己会飞。
在寂寞而仁慈的
砾石岩峭壁上方,
有一颗无名星最亮。 成群
结队的岩羊,在往高处跳跃。
那绝对的绝望,或许
与我之后的写作相仿。

(2016)

雨中树

让孩子
去摸雨中树。
眼中所见,自然花朵。
自然衍生的喜悦,
胜过一次次心灵间的胜利。
视野狭窄的僧侣、
小溪上漂流的游客、
沉溺于花鸟的物理学家。
那里是时间的一条边而
另一条边不知道在哪儿。
户外雨中我常常有
眠虫苏醒般的冲动。

(2016)

地理上的我

地理上的我,此时在机场。
身边穿梭的旅客形体,
我猜测当我是他时的异地体验
与我是我时有何不同。
以己推人总是令人迷茫:
那些与我们语言不通的人,那些
偏爱在飞来飞去中寻找异己感的人。
但没有人有走过来拍拍你的肩膀,
要求一个拥抱的义务,不是吗?
这并不使我感到多么遗憾,
反而像坐在图书馆一角被人
视而不见一样使我感到欢欣。

(2016)

标记

十二月初的某个晚上,
我为我的五十岁感到难过。
以之前发生过什么来推测
之后将发生什么。
相信某种药物,如同从前
相信过的诗——这一次才有效。
在朋友家,接受众人的
祝福,酒后呕吐两次。 晃荡到
一户人家院落外的砖砌人行道上,
倚靠冰冷的尖木栅站立,
让我的脸
仰对一颗小行星。

(2016)

遗留物

他来这儿，谈论
一番痛苦，然后驾车离开。
车灯扫过对面的白墙。 轮胎
摩擦路沿，发出噗噗漏气的声音。
我趴在窗台上，谛听好一会儿，
然后退回到床边，想了想痛苦是
什么东西，是谁把它带到
这个世界上来的。 然后去床底
翻出一床大红锦缎被子，多年前的
加厚法兰绒睡衣，还有金丝楠木枕头。
月亮，作为痛苦的一个小类别，
那么亮。

以盲人为例的恋爱

以盲人为例,
他教她,当时间
流逝,如何静心数瞬间
——"可以闭目。"她觉得
简单,躺下来,说:"尽我所能。"
于是他想,若能将她
置于多棱镜里该多好。
在秋天的石头山上,
他们开始恋爱。
石头都很安分,枯干
的蓟草丛被风分成两列。
落日耀眼起来,开始滚动。

(2016)

巨石山[*]

在崖顶站立数分钟。
每个人各获其幻象。
或通过巨大岩石或乔木林
勾勒出来。 或在一声临空大喊
等待回声之后。
我们是不同个体,但都有可能
因一时自我迷恋而倏然成为
山间一物。 亦即完全
放弃,不再想如何回去。
在萦绕桧树裸露
的根部奔泻的小溪中,灰鲵
慢吞吞转身而后被浪卷了上来。

(2016)

注:巨石山,位于安庆市北郊菜子湖畔。

并非超脱和理所当然

身不由己。 借壳梦游的方式。
有人在引力中睡着了。
载着他们的飞机,在云朵间。
天空的致幻作用,
其实是螺旋作用。
我担心这些轻盈生命,会在
一刹那间炸裂。
这令我想到
昨天看见的清晨,今天又
完好无缺地降临(且没有
移动它的任何东西)。 我愿意温和地
对待所有事情。 更加温和。

(2016)

茶吧里

每次出差的晚上,
我都来这儿小坐。
从书架上抽出一本书(常常是
旅游图册),点一杯绿茶,
想着时间流逝或其他事情。
每次都看见,一个残疾青年,
坐在墙角,也是一本书一杯茶。
一次,他径直走到我面前,对我说:
我有一只狗,昨天它死了,但我们认识,
相信我,是的,只要你觉得我存在着就好。
我不认识他,我一直奇怪为什么
他对我说这些,还有那只狗,它的昨天。

(2016)

某状态

每天在一个时间段
想想这个世界。比如，
太阳刚出来，无花果树叶上，
还有一些露水。一群女人
抱着各自的猫，
站在单元门外聊天（有时，
当我经过，她们中某个人
还会悄声告诉我
猫在想什么）。谢谢你，
现实比这复杂：笛卡尔
在必然中，不是一个梦。
我想找个人，谈谈灵魂之事。

(2016)

小记

清晨五点钟的晨星,
它的清辉,抬起四周。
我没有睡意。一个柔软的
小过滤器——噢快乐(忽略快乐的
短暂一时的破坏性)。
在印花毛巾被下,我们
赤裸着躺着,右侧是一扇小窗户。
我们从未在清晨五点钟做爱,
今天,我们尝试在清晨五点钟做爱,
仿佛两个
仅此一次而后
永不相聚的世界尽头。

(2016)

驱动力或永恒

在电影院门前,雨后傍晚,
我撞见一个年轻孕妇,
挺着肚子,
左右挪移着下台阶。 她与
搀扶着她的同伴似乎在谈着
电影里的事情。
"那不是真的,"她说,"并且遥远。"
她二位一体的形象使我
突然意识到"我"
——"我"的某些功能。
那是时光中起作用的
"现在"的功能。

(2016)

我们需要什么有时候我们并不知道

北面窗有声音进来；
西面窗有声音进来。
其实，声音碰撞到
一起所产生的响声很小，
像两类灵魂相触，
像苦闷与忧伤的摩擦。
不同于我在空无
一人的街头，用一只手凭空
拍打周围，发出啪
啪啪的声音。 不同于男人女人
的拥抱（会员制
私人会所里的那种）。

(2016)

作者和读者

写一首描写炸弹的诗。
从前,它的响声,总是
吓我一跳。 我乐意让
最亲爱的读者分享。
在诗中,人们喜欢讨论
月亮和一件裙子的美学,
为一首诗,找一个形式,
未必就是炸弹(没有
普遍性)。 尚未引爆。
在我打开门的那个早上,送奶人
将它连同牛奶一起,送还给我。
我们互道早安。

(2016)

转述

在湖滨公园的矮树篱旁边，
我听到一个男孩对挽着手的女孩说：
"别哭。你是蓝色的。"
看上去，他们还是孩子。月光下，
耳垂上的耳钉闪着光。
"你是蓝色的。"哈。我放慢
车速，一路揿着车铃。
来到面包房，为女儿明天的早餐
买一个面包。我对冷着脸的
收银员说："你是蓝色的。"
她笑了，将刚刚放上柜台
的包装袋拿起来，递给我。

(2016)

而我们是时间的

身体是个例子。
麻雀松鼠蚱蜢
金鱼猫,它们都是空间的而
我们是时间的。
每天早晨,睡足了,我感到自己
刚刚二十岁,像乐观
的联合收割机手,闯入玉米田野。
但晚上,我还是强迫自己
返回,在台阶上留下鞋子。
像每次例行手术,拿出累了
的心脏,让它在外面
呼吸一会儿然后将它放回原处。

(2016)

趋光性

冬日阳光下，女孩们在
屋外跳橡皮筋。男孩们踢球。
我在屋内写作。写不下去。
我一定违背了什么。
窗台上的海棠，铁十字纹理；
朝向各个方向的寂静（也各有其纹理）；
两把不锈钢折叠椅子，和
老式松木桌子四个角的稳定。
似乎只有昏暗，才具有这种
表面上四分五裂的属性：像我在孩子时；
或者，像我在陌生客人面前说着说着
突然沉默下来时的情形。

(2016)

身边物

谈了一晚上
自由、真实,
迪伦和德里罗。 他们谈起
一只褐色条纹的火鸡时我睡着了。
出门,经过一片缀满
栗子的野栗树林,我有点清醒。
在两棵树之间,我分开
双腿,一跃一跃地
向上蹿,之后,
从树上跳回到地面上。
但这又如何? 对于我,
栗子们才是奇迹。

(2016)

女儿的卡尔曼多

看完电视，我起身，
看到另一个房间里，
女儿拿着玩具手机，
在给一个她认为存在的孩子
打电话。 今天已是第三次。
"他是谁啊？"——"卡尔曼多。"
每次都像是设计好的问与答。
我不知道卡尔曼多。
我宁愿相信有一个孩子他叫卡尔曼多他喜欢
沉默着听她说话住在她常常认为存在的岛上。
拥有一个卡尔曼多使她快乐。
而看起来，还有很多卡尔曼多。

(2016)

免于心碎（一）
——给潘漠子

有时我会凝视那里，
三公里外被山谷白色块状雾
半遮的壁立的岩石和一大片
茂盛伤感的杂树丛，一道道
屏住声音的流泉。惊奇于世间还有
那么多无名之物，等待给它们语言。
这有助于我们感性化地处理
自己的欲望（生命是完整的）以及
某种甜涩犹如深具吸力的远处黑暗。
现在，只有流星是我的朋友（甚至得不到
认可）。在荒野没有人的自然空间，两段
鸟鸣的间隙。我们等待它们给我们耐心。

(2016)

免于心碎（二）
——给张尔

在户外，松软的沙石地，多次出现过
有东西从我身上分离出去的感觉，而我
总是愉快地切掉它，转身去干别的事。
沙石即使到了傍晚，脚踩上去仍然发烫。
我习惯于将云霞中不断抛出的天空视为
落日的沉默作品：观察五点半钟如何，
七点一刻时如何；白然如何分离出信仰。
年轻时我并不感到世界是多么可亲，多么难以替换——
一群人，坐在岩石间吟诵诗，然后，
躺下来幻想一个形而上的四处游荡
的地球，表面更痉挛，引力更微弱；
而总的来说：在我们头顶，更湛蓝。

(2016)

免于心碎（三）
——给黑光

大群的灰斑雀逗留于柞树林
水平线以上的雨雾中。 它们的身影
黑白相间。 在长达一周（或许更久）
的抑郁后，眼中只看到这么多。 只有这么多。
今天我选择一些新词语，尝试新发音，
这些，经过水晶一样的安排变得豁然易碎。
如果我一年后、十年后还活着，是否证明
确实存在着一个更大的空间（告诉我们什么是
无穷大，或怎样、何时获得），需要简单清理？
在一排刚油漆过的白栅栏旁边，直立着
几茎枯干野花，环绕着荆棘。
而别处，空旷十分空旷，超过我所知。

(2016)

恋人图示
　　——给鲍栋、程度

所有我们认为
美好的事，需要阐释。
用单身汉的语言，
遇险、堵车而不停
鸣喇叭的方式，
来不及或朝向相反
方向或少一个轮子。
用恋人的语言，
诸多泳式中，安顿
心灵的那种仰泳。
似乎我们真的有无比
奇妙的内心世界。

(2017)

每一日始于天真

老人们知道
孩子的永恒性,
不分这里那里。
我们因天真被
交付给我们的肉体。
怀疑它的运动,
以数学的精密：对复杂
感情,予以儿童化表述。
太阳刚升起,
召唤出许多形象。
幼鸟通过某棵树
获取默许而低鸣。

(2017)

色彩举例

有时,单调的白色
比灰色更难看。
绝望。 还有更精致的、
秘密礼物式的绝望。
(它不会遽然升起,
也不会砰地坠落。)
从色彩方面,我们
不妨定义一下
"冷"和"愉悦",
十二月初和夏日傍晚,
穿衣服、脱衣服,
目光迷离、肌肉舒张。

(2017)

我们全体

强调感性产生
如此效果：水枪笔直
的水柱冲我们，皮肤上
出现短暂条纹。
值得保存吗？
夫妻间的表达，深夜
互诉身体缺陷也没关系。
对感性的滥用，并非
好人坏人各占一半，
包括我在内的
虚度时光者，亦即
我们全体，我们的孩子。

(2017)

说不上来,但可以度量

说不上来我
九点钟那时缓慢爱上一个
人是不是做得对。
"混乱和自我抑制,
也该像一只鞋模拟
一只脚那样得以体现。"
她眨动眼皮转动
眼珠而那儿凡属空间的都已经完全屏息。
这边门到那边窗,
狭窄到几个平方。
安静有一个计算公式:
多少、多少度。

(2017)

而后行动

我们对纤细
的声音感到亲切,
甚至一颗子弹所
摩擦的空气。
一只耳朵和一只
手构成的不为
人知的协调力量像
榕树的根须系统。
这便是具有莫扎特性质的我们,
乐道于所谓痛苦,
当我们的理性
第一次获得音乐。

(2017)

极目篇

当某物占据我
的头脑成为主人,
我讥讽它,稍后又觉得
这安排不坏,像一个
由独柄支撑的白伞菌。
在冬日田野我
有与人交谈的
想法并不可笑。
片岩状云在极目处,
因为远而太寂静了,
令人担心渴了的
候鸟在空中爆炸。

(2017)

处境篇

承认孤独的力量,
加上一点儿困惑。
花和鸟的视听联觉,
一幅画的说明文字。
这是最直观的、速记式
的表达我们处境的文字,
不会婉转和用词不当。
当一个男人在沙盘上
演示他的梦,镂空
的多层流沙建筑;
当你这么描述现实:足以
论证一颗心;并这么相信。

(2017)

珍爱之物篇

树冠上灰颈鸟
在晒翅膀，有很多
类似的事我还未做。
我是什么样的人啊，
唯独害怕昼和夜
的明暗交替——受到心中
某件珍爱之物的长久折磨
是我所不情愿的。
我仍然亲近它，
和一头刚从附近水洼
走出的清晨犀牛跟着光在
沙地上愉快地扩散。

(2017)

第二辑

第一次

第一次我在羊齿植物
的齿状叶片间舒展四肢,享受
还来得及的、没有哲学味儿的
欢愉。 这是胸腹之间世俗哲学的欢愉。
我们,制造过多少幽灵,
以恐吓我们自己,利用
文学手段。 不啻给自己找麻烦。
野外,白榆树上,刺蛾科
的绚丽,徒然富有表现力。

(2017)

野兔或双尾燕

对着夜空,喊那些流星,
不承认时钟认可的那时间。
度过平凡一生也需要有
向自己反复求证的快乐。
在我的幼年与老年之间
有一个摆脱身体的契约:
野兔或双尾燕;跑起来或飞起来。
但治愈所需的弥留般的寂静让它
多停留一段时日。 至今无法实现。

(2017)

每个早晨都感到快乐是重要的

每个早晨都感到快乐,
这是重要的。"叮当",第一枚
硬币落入储币罐的脆响,
敲击着守财奴的心。 伸手
摸摸,身边的她还在。 尚完整。
百叶窗下,自我的金色条纹。
更多的,币值更大的硬币,
哗啦哗啦投进来:按一个
按钮,以巴普洛夫的方式。

(2017)

假象篇

树木的根使树木枯萎,
疾病的假象使我们消亡。
一次次,我轻率地与人谈论鬼神,
并为它们安排一个比这里明亮的祖国。
假如死去又能马上活转过来,
那么死去就显得平常且美好,
像上班——回家——午休后
再上班;或夏日里度假,
颠簸车上的三分钟小盹。

(2017)

自省篇

在清泉流泻过而今干涸的溪谷里，
我孤单一人，择路攀爬。 一路上我
自问：我会客观地看待这个世界吗？ 回答
是："不能。"即便有人回答"能"亦属正常。
他们履行父母或情侣的义务，可能
不是全部，而是约定的一小部分。
为此必须保持身体秘密。 犹如卵石间
吞下数倍于己的不明猎物的非洲岩蟒。
流畅的凸起。 听从温润本能。

(2017)

独处篇

斑叶栀子花的纯白花瓣散发的
浓郁芬芳在卧室里萦回，多次令我不安。
身为诗人，想想我依赖过什么。 没有。
但用可爱的诗比方情诗为自己或
别人解决过什么。 没有。 于是在
邻居敲门向我借取某种东西时我回答："没有。"
"但美是绝对的。"一个年轻貌美的
女人这样说。 她还说：因此需要一座教堂。
我将之归于无知，以及古老表达的词不达意。

(2017)

怀人篇

群山环抱中我们一群人，
走着聊着如何确定我们
与旷野的新关系。 最近的。 我们的孤单。
山坡那边，一个本地女孩，朝着
涧水轰鸣的僻静壑谷喊一个人。
喊声沉入农历九月初刚刚挂果的棠梨树林，
在山势起伏的树林另一边升起。
我想起我们中失去的一个人。 那时
我们也这么呼喊过。 不接受任何空旷。

(2017)

鸟儿斑斓

已知的鸟儿有上万种。 按照
飞行路径为它们建立灵魂分类学。
树丛间的、河滩上的、光线
里的……五十岁之后我开始
接触这些不知有生有死的生命,像刚刚
离开一个被占领的国家,突然与人
相爱而站立不安。 等等或看看。
拉近某个远处。 聆听空中物。
从听觉那孔儿,探入那宇宙。

(2017)

我们身边的

远处是一种总和,值得眺望。
试着把"远处"放回远处,不去动它,
如同对待真理和她。
更好的生活。 更傲慢的寂静。
就像为机械表设计了"嘀嗒"。
一个人在夜里敲打铁块,声音
穿过杂树林而减弱。 很多自由落体,
不顾我们而落。 这些仍然
在我们身边。 这些我觉得都很好。

(2017)

衰老中的我们

借助于衰老我们知道得更多,
超过一张张旧照片叠加的印象——
徒步登山与乘坐缆车的区别。
从男女之事中去获得经验这事儿
并不靠谱。 事后听力、视力
都在下降。 在窗帘拉开的
每一个新早晨,对发生的
每一件小事情说:"谢谢。"
颇具形式感,像一对日本夫妇。

(2017)

对于厌倦来说

对于厌倦来说,
潭水之深是多余的。
衣服被溅湿。 探求意义
的行为被人讥为愚蠢。
在朋友经营的农家乐瓜田里我忍不住
和其他人一样许了愿。 结出幼小西瓜
的那几根青藤蔓被脚踩踏。
世上有很多种悲伤,我只有
寥寥二三种。 愿我不必消失。

(2017)

一天之始及仪式

天快亮了,天空把群星
往外倾倒。 我自个儿关闭一会儿。
历数这一生的朋友,在心中恢复
某种仪式(类似埃及割礼)。 自以为有
自然法则在而不加选择是多么糊涂轻率。
多年前我熟悉的那些名字,现在
已经陌生。 它们名下的那些人
曾是环绕我的温暖存在。 与夜百合
和玻璃窗上的雾珠和屋外雪同性质。

(2017)

穿行

如果世界是静止的,我们的死
就平淡无奇。 一天死十次,每小时
死一次,也不能赢得观众。 穷尽各种
方式,像哑巴那样然后像盲人那样地死。
(有人来到异国,培育新欲望。)
如果第一次死,如风中鸟飞,
第二次死,就要等风止息。
鸟夺取一块天空如同我们为自己预留
一块墓地。 而这又是温和肯定的方式。

(2017)

早间课

世事总有未知处。 那些
声音与沉默,是两个半球。
升上去,落下来,几乎在制度中。
街对面,一个男人将车窗摇下,探出
头去,向上,与一个卷发女人接吻。
你把它看作一种知识(有着
临床经验的医生,由按压
而知胎儿的位置)。
如果有仪器,也许会更灵敏。

(2017)

也可以说是自然选择

各个瞬间是均匀分布的。
为恐惧减少一些,
就会为喜悦增加一些。
年轻女人的欲望度。 变幻的长宽高。
讨论美学无益,必须讨论解剖学:
新生儿的哭啼能力、中年人
的肌肉乏力感、老年人的爱国心。
田间日头下的葵花,悲恸
一直低垂,金黄最后温润。

(2017)

任何时候

任何时候,我们都
自以为在时间里。 它是
外壳而我们是它的心跳。
在晚上,用文字或图案
记录下这一天,包括
臆想和自言自语,
水中鱼发出的折射。
这些是我们活着的证明。
看到即是证明。 闭目体验必然。

(2017)

无所不在的浮力

房子有窗户,身体有五官。
他们不想通过它们去看、听。
远和近,都有超自然的性质。
他们躺在床上,一起看完一部
科幻片,昏昏然走出家门。
河岸边,几个人在游泳,在水面上
支撑着身子,浮着,边环顾边说话。
(刺蓟正在开花。)他们拥抱并且他
对她也那么说话也像是浮着。

(2017)

树下诗

风和日丽而有立体感。 花坛边，
一个男孩在往楼上的一扇窗户
投球，一个男人坐在轮椅上（有时
转动轮椅）笑着望着他。
一天不会属于某一个人，
除非他将它作为羞耻日。
站在两棵树之间，双臂悬于
树干，我欲将自己弹射出去。
想了想，又放下。 这是花楸树和梨树。

(2017)

旅行记

在运动中,我不能理解其他存在。
在火车上,意识被车窗切割,变得
恍惚。因为动和静的奇妙共存。如果
接受康定斯基的比例。
面对面坐着,两个人。我率先打破
沉默,问他的名字,并伸手与之相握。
我是厌弃了孤独的物理学家,擅长写诗——只能
这么分类和自我否定。沿途抓拍一组
照片,或用儿童画的手法表示好奇。

(2017)

自由体诗论

用诗处理身边事。早起,碰见
邻居,给他一个微笑。老问题:
诗的形式问题。如果邻居是个
女性,反射世界的一个面。
片面的天真。等到有了孩子,
她才联想到自己身上的乳房。
另一个问题:诗的情感问题。
剩下的感受只能拍拍手、跺跺脚。
一对亲爱的乳房具有惩罚性的意思。

(2017)

记忆之船

冬日大海,它的下面,
所有的鲸舒展开来。
从视觉上考虑光的问题,从海面
的折叠度来看也一样:一个绝对的
宇宙(无高低远近,无永远暂时)。
这是凌晨,旅行团的人们在海景房里酣睡。
他们昨日穿过了大海,侥幸逃脱。
黑暗是他们愿意牺牲的部分。 孩子眼中的
消失又复现的幽灵船也一样。

(2017)

如呼喊
　　——致默白

灰鸫在雨中疾飞,如呼喊。
它们、我们在一个共同的幻觉里。
从童年时那个抱过自己的人
或某段时间内短暂爱过
的人身上得出结论:多种灵魂。
当一群乡下姑娘穿行于杂树丛,不同的
植物投下疏密不同的光影。
如同生而美丽的万物一样,我们为成为
什么样的我们而准备,我们事先并不知道。

(2017)

更加抽象

画一个房间,画一个
人,在等待什么。
一幅抽象画,含义简单。
想想我是否
也站在窗边凝视过雨中的
一棵梨树上面有梨子或一段柏油路面上面有
车辙印以确定我是否悲伤过。
是的,有过。 那时我是个孩子,刚醒。
悲伤是一个房间,是长方形的。

(2017)

残篇

许久我才发现,房间里
就我一个人,但房间很大。
因年纪的缘故,我正在成为一束光:
去年我五十,今年我五十一,明年我五十二。
我坐在地球发出的光里。 一直是。
(那才称得上"光"呢。)
地球很大。 我知道。 地球也很古老。
在房间里,我用文字记述它,因而有了很多疑惑。
像一个新物种,从悬崖飞下,不了解空气动力学。

(2017)

这是我想要的吗

拥有一首诗,
就是拥有另一个身体。
两个身体,交替着生活。
但一个嘲笑另一个,以为自己更好。
(当然,你可以选择与她一起朗诵,
以使这首诗变得柔和。)假设恋人拥有
袋鼠的身体;再比如,在沙漠中迷路,
看到一具牛头骨,我能否作如下表白:
发乎自然的诗也许更好?

(2017)

有感

林荫道旁,看见手挽手的一对
年轻伴侣,我上前,与他们并排
走上一段路。 他们相视一笑,没有嗔怪。
(我也没有为这么一把年纪而感到羞怯。)
一群骑自行车的十四五岁少年揿着
车铃,故意绕到我们的前面
扭动着绝尘而去。 托马斯·品钦说得好:
从十五岁到五十岁,我们只是在
空间中改变位置,如彗星之远近。

(2017)

安静篇

安静是被感知的：她和万物。
在她和万物之间有什么？
一棵树。 一棵树。 一棵树。
无线电在夜空中嘶嘶作响。 萤火虫
被它的尾部推着向前飞。
必须发明一种艺术，一种诗，
以保存我们的安静，像树林中的
墓地；并适时向我们自己指出我们的心，
与蛋壳中那一团浑浊的东西没什么不同。

(2017)

不明来历

春天的各种花,
它们是虚空被塑造成形。
以前看不见的,现在看见了。
(我有一个身体,也这么受自然的摆布,
很多时候感到自己空空的,像一刹那
和一刹那。)还有林中雨滴、竹笋。
疑惑它们来自哪里。 以前以为它们
来自天上地下(总之,这个世界之内)。
但不是。 现在我知道:更神秘。

(2017)

赠诗

二月以来的自我折磨，
到三月底仍不见好转。
四月将至我要出远门，去见老朋友。
年轻时对着大理石桌面和
玻璃花瓶许诺过什么已经忘记。
现在，我想听听黎明，怎样滑入清晨。
我把水仙花从阳台移至卧室，享受
一会儿纯个人的寂静：有樟脑味儿。
其实是一种发现。

(2017)

光仅仅带来了我而已

光带来了我。 因为并不
梦想着伟大我才乐意每天消失一点。
每次听到自己说出的话通过一番振动
传回我的耳中我都很惊奇：这个
世界没有其他人；而除了这个
在这里的世界，没有其他种类的世界，是吗？
光使我变幻。 但我知道如何藏起来。
医院里，产妇产下的死婴在等待处理。
从结构上说，他也是一个生命。

(2017)

雪中早晨

有人在皂荚树下，仰头看
树杈间的雪。 静谧自上而下，
来自某种压力差。
我也有着诗人都有的那种迷茫，对于
无限，及其用以迷惑我们的不确定性。
想起多年前，同样的雪天，给一个
老朋友写信，描述早晨的景物。
看一会，写一句（在表述不清处
做记号）。 早晨形成，被我们看到。

(2017)

春日记

春天了,没有人关心我
的精神状况。 樱花开了接着是
桃花。 刚生出羽毛的
小雏鸟没欲望,在树枝间学飞。
走动时的我处于平衡状态。
傍晚下楼,我看见两个孩子坐在
楼梯上,在谈论另一个孩子和一只
叫什么"一秒钟"的狗。 它死了。
也可能是他死了。 好吧,让我滑行。

(2017)

普遍性原则

我不喜欢凌乱（比如
万有引力）。所有制止凌乱
的完美方式：整体移动的星空、
城市布局、辞典和伦理。那儿，
人们设计许多公式以对付时光
（量子力学和平行宇宙）。但没有
一本辞典接受我的言辞。没有一种
关于疼痛的伦理适合每个人。
没有人分担疼痛。有人称之曰分享。

(2017)

仿哀歌

挽留年轻的声音。 十六七岁
至二十一二岁。 在呼喊不止
的肚皮舞看台一侧,当耳鸣
短暂停歇,我与亲爱的朋友
谈着怎样老去,更仁慈,或对于自己
更好。 我们喝下很多酒,嗓门
越来越大。 间或,我也会
趁乱独自想想其他事情,
望着烟头逐渐暗淡而出神。

(2017)

一日记

一小时前放在水中
的冰块在持续融化。 鱼儿们
围着它啄食。 有时推着它游动。
絮状物在窗外飘荡，来自不知
其名的树木。 不辨其香的芬芳。
写作之前，不能盲目。 需要知道
五官的感受力与四肢
的感受力之异同。
上午我不安。 下午好些。

(2017)

思索的结果

思索存在的结果往往很糟,
尤其是夏日,蝉鸣蛙鼓中。
那热的身体下午吹了冷气,
收缩在盆栽植物的气味里,
从 39℃到 0℃,得到自然之冰。
宁静是命令,而悲伤是法度。
人到暮年时关于肉体的反思
比年轻时坦率。 此身居于此时,
如五月的紫色依存于酢浆草。

(2017)

海边事

朋友们游向大海深处。 故作惊慌
的叫声在波浪声中渐小。 在阳光
流泻于竹节棕榈巨大叶子的斑驳下，
我把双脚伸到沙子里。 想象我死后
的第一年，这些朋友会怎样想起我；
第三年。 然后第十年。 海水怎样
把沙堆抹平。 不再徒然挣扎——
那颗原本在身体里的心，现在贴着
海面飞行，如海鸥上下，自行其是。

(2017)

在桥上

桥向两端吸收宁静。 两端都
倒空了，什么都没留下。 我们
站在这儿，知道沉默所值。
听水边鸟——试图理解一个世界。
最简单的客体。 纯粹理性和自由意志。
然而，我还是需要一个
有人说话的世界。 最好你说。 我跟着说。
或者出现一个赤足孩子，在桥头，
跳他的舞，突然朝我们唱歌。

(2017)

听一个年轻女孩读我的诗

从台上下来,她坐到
我的身边,对我说:"它真安静。"
她不知道我就是作者。 我要为
写下的文字负责吗?
因为身体的甘美之轴,是以蝴蝶间的
触觉的形式存在的。
像发热又冷却下来的金属片,
像各种情绪中的痛苦,
只适宜作小幅度振翅。

(2017)

永远在吗

我们以为时间
永远在,其实不。
我想起第一次听人说"某个
老人是个幻象"时
流露的惊讶。 这是
生理学叹息吗? 还是一个
临终关怀式的计时器?
试着想象:当你旅游到
山谷里——抬头一线天——想起我。

(2017)

分类美学

珍惜炎热的体验和
寒冷的体验,二者完美的循环。
从南方到北方,然后回到南方。
晚上脱掉衣服。 早上穿上衣服。
从感觉到一分钟,到感觉到
一秒钟——给"感觉"分类:
哪些是未成年人的,
哪些是接触过异性的。
两种肌肤:皲裂或湿润。

(2017)

这时应该哀悼

爱如果没有动力，这时
应该哀悼。 停在一根轴上
的不均匀球体。 不去转动它。
这时应该哀悼并思考受它控制的我们；
思考受爱控制的这些诗是否夸大其词；
这些字句的迷人排列；这些梦
的少女特征是面具，甚至在床上她
仍然戴着。 我喊着：取下它，取下它。
如这时诗之嘶哑。

(2017)

旅行札记

山脚下小旅馆显得空荡荡。 窗玻璃外
布满鳞翅目昆虫。 我试着把灯光调暗一点。
什么人去世了,远处传来熟悉的哀乐。
乐队里可能有新手,完全跑了调,也可能
因为悲恸,或被吹过幽暗乔木林的风所改变。
现在月亮支在东南天空一角,十分稳定。
像某个几何体,或空虚泛蓝的永恒。
宇宙难得这般寂静,有点出人意料。
我躺下来并且接受。 并且没有痛苦。

(2017)

过司空山

作为鲁莽无知的游客而
相信山峦及其林木、风,
还有幽静对自我的修复;
还有一座石塔,立于山巅;
还有密叶小径中突然出现的什么人的脸。
在绕过危险悬崖的越野车上我看见
一团被锁住了似的,一动不动
的白云,静悬在蛮荒公路的渺远前方。
这里有一个我。 是另一个我。 或白云。

(2017)

重新做一个诗人

年轻任性的,顺从欲望者应了解
三十岁与二十岁的差异,五十岁更甚。
(十岁的女儿说她想回到四岁,令人吃惊。)
我本应成为一个不同于此的人,或仅仅那么去感受:
长时间乘车然后步行;在电话里换一种嗓音对她
说话不告诉她你是谁然后念一首诗然后突然挂掉。
这样好。
很早我就放弃了质疑诗的权利,
在我向柯勒律治学习诗的时候。

(2017)

新辞典

编纂一部关于可见之物的新辞典。
树嘛,不;鸣禽嘛,不。 万物
皆有别名,以致无法辨别哪个与哪个。
从护照上撤下忧郁症病人的头像(这个国家
有一套快乐和悲伤相对均匀的制度,
下层官员向我们分配忧郁)。 有人在
尝试教笼中鹦鹉说一种偏僻方言。
我这么想:保留最低限度的沉默,不可少;
保留最低限度的空气湿润,像生活在小镇上的人。

(2017)

雨后篇

雨后的山,如标本。
山脊和山谷清晰。 许多褶子。
河水漫过堤岸,看上去一直不拐弯。
开阔的沼泽地远处人很小。
我这里,树林的外围是竹林。
全然绿色调里的感官之轴,
没有一会儿停下来过。
令人想到《致爱丽丝》
的开头部分,可以安慰身边的人。

(2017)

傍晚篇

在房间里感知的黑暗,到竹林中
再感知一遍,有些不同。
但有什么东西始终在回响:那儿,
柔荑花瓣和丝瓜花瓣,蜷曲了。
我有一句没一句与邻人搭讪,用
儿童的句式,接着用老人的句式。
三年来,我不曾有过从里到外
的欢乐。 竹笋内向上的力。 竹叶
由青转紫,这至少使我转悲为喜。

(2017)

睹物篇

突出平坦水面的大石头；
聚集了30只长喙鸟的毛栗树；
退休老人们经常坐在那儿的
木漆长椅（现在空无一人）；
阳光下指着自己的影子，并跟着
移动的，聋哑女人的手势；
画面感、孤独感——花轴、花萼。
看不出来，有明亮的内部，像旧情
复发时，我们的老一套温柔。

(2017)

惘然篇

从暮色乍起的巨石山下来我被
关于"本性"的问题缠住,一路沉默。
自椴树树根间流淌而过的溪流
始终笼罩着绿阴影,斑驳跳跃,像是
某某的梦境——谁呢? 斑驳
跳跃,清晰模糊(她的存在,只能存疑)。
溪流远远没入沙河。 我记得
我的第一首诗是致消逝之物的:
大海尽头,茫茫 1985,我 19 岁。

(2017)

夏日篇

夏日多遗忘。
想想出生前三十年死去后三十年的世界。
为这想象感到不值——
从窗内看出去和从窗外看进来。
诗人依据诗人的身体得到喜悦，
不是依据诗，
照着一小块地方的街灯、朗诵的声音、
伴奏的琴声雨声、周围的冷杉树柏树。
女儿散发着女儿的气味，与妻子不同。

(2017)

自然光

不了解清晨这部机器。
湿润的彗星,以及湿润的安静,
朝向一个方向。 屋外,人们奔跑
(奔跑是他们的工作之一)。
记得有一次,我与一帮游客在
封闭的游乐场,听一头大象唱歌。
它朝我们喷水,步子优雅。 但当门
被推开,一束自然光照射进来,
它变得狂躁,开始追赶我们。

(2017)

鄂尔多斯之行并致广子

一次低声、简单的交谈。 在我们
头顶，群星间喷射出熟悉的光线，
与上一次位置有所偏离。 树莺
掠过八月纳林河畔的黄柳树丛。
我们将看到的，再看一遍，遵从着某种律法，
简单到沉默——亲爱的人有一个美好的首都。
那一眼望不到边的、齐整的灰色，还有闷热，
蒙古般的安静。
那些停留；而那些呼喊。

(2017)

库布齐沙漠

快乐本身是沙漠,我们
不必亲身前来。
雨的气味,在最下面的一块岩石下。
渴者蹲下来,嗅嗅矮灌木。
那里举着尾巴的褐色蝎子
仿佛挣脱了意识一般闪过。
听着旁边的人走在沙丘上的声响,
某些方面我信任自己的绝望,
忽略它做过的一切。

(2017)

青草间

河滩上沙子裹着
细碎阳光如裹着蜜。 乌桕树
菱形叶子的翠绿欢快如
远处某件东西的灵魂。
八月到九月,渐渐凉爽,
我觉得给予我的无名欢乐
已经够了,在青草间。
沼泽地那一带,仍在听力范围内,
水牛感人的哞叫,随风而至但令人心惊。

(2017)

旷野美学

火车疾驰时所见的旷野，
有着恋爱的意味。 三两株杨树，
展开遂成杨树林——如同我
在语言中感受你。 在天黑之初，
感受晚风是一种物质，头伸到车窗外，
看到天空由蓝变紫，而后我
希望自己是世界。 可能每个人
都有这么想的时候，
称自己有一颗椋鸟的心。

(2017)

称得上爱

我们计算长宽高的方式是
不对的进一步说突出我们所看到的
世界的一部分是不对的。 异于
我们所知。 百香草丛中的球形花,
沙砾间,什么动物的楔形爪印,
戴着沉重银饰的
乡村女孩的欢叫（与其他部分
密不可分）。 像撞到我们身上来的一个人。
总是感觉不止一个人。

(2017)

非暴力

如果由我来判断美然后
反抗，我会什么都不做。
闪光的圆穹和尖顶，仙人掌
的茎和刺，女人身上小姑娘的天真。
因为我软弱，才需要暴力；
因为神秘性的要求，才需要求知欲。
在绿叶露珠间，制造一个玫瑰形灵魂，
在仍有一个地球在旋转的清晨，
不在乎是否有其他星球在旋转。

(2017)

诗篇

二楼住着一个单身汉,
吐字不清,喜欢对着窗子笑;四楼
住着一个爱读书的老太太,喜欢把枯花
钉在墙上,总是说,生活是猫身上的跳蚤;
我住在顶楼,喜欢按照透视法
俯瞰像是通往月亮上的、不见人影的大街。
在地球转动最慢的时候,
我想说一句祝愿的话,
想着给谁。

(2017)

穿过

目光穿过树去看原野。
十余米高的栗树阴,托举着
一团金丝边的幽暗,不时地,
滑落下一个缀满碎光芒的平面。
在原野更为耀眼的大光芒中它就像是一束
即燃即熄的火花。
我不愿把看到的说出来,
做一些文学修饰,保留
没有悲伤的自由之身的纯洁性。

(2017)

同一个

这儿,树林茂密难言,
槭树低矮而红松高大。
有许多自然的声音,在山涧那边;包括
刚刚我觉得孤单在泉水边朝上游的一声喊。
年轻时,我拘泥于动物植物
和山峦丛林的形式,找它们的不同。
现在,在从野外帐篷钻出来的这个
冷冽的清晨,我再次凝视自己的身体,
感到它是这儿的一部分。

(2017)

丛林律法

丛林中各种幻影,被称为
某动物和某动物(在人类居住地,
则用"你""我"表示)。
无所依傍的长茎花,细枝条纷乱
的矮棵树、石灰岩表面上的爬藤,
种类不同的宁静各自由沉默维系。
在火堆旁,我吃着烤昆虫,咀嚼它们
的膜质翅膀和纤细的腿,一种奇异的
味道残留在软腭那儿,有数小时之久。

(2017)

少数人的情诗

仰慕曼伦克女人表达
热爱生活的方式：戴一个从头
套到脖颈的木雕花环；和安巴林男人
表达愤怒的方式：赤脚把活鲑鱼踩进烂泥地。
下午她学英语我读福柯，消化任何安静的东西。
无意识一般纯净的阳光，停在
果树上、天空上，不用安排，也不会碎掉。
想到此前发生在我身上的那些事，
希望她是任何轻轻的东西。

(2017)

信徒

蜂蜜被采蜜人盗走,
剩下树杈上一个空蜂巢。
对你,我还有一个深情计划来不及
实施,它是我头脑中的词语尚未形成诗
的部分,与嗡嗡声差不多。 就是嗡嗡声。
(轻微的,视神经的跳动感。)
仿佛来自拥挤着不同信徒的教堂,
痛心的人们各自祈祷,
在对周围事物尚未清晰识别之前。

(2017)

沙漠蜥蜴

到达沙漠的第八天,因为
很长时间没有做梦我感到恐慌。
肉体的行事方式有时就是这么奇怪。
没有一滴雨,但翌日早晨我还是想
找个地方表达自己。 来到沙粒闪烁的
沙堆上,看见两只蜥蜴,一只扭头
盯视着我,另一只,四脚划动如飞翅,
消失在沙棘丛中。 我突然对自己充满同情,
过了会儿又觉得我与它们不一样。

(2017)

各自运行

十二月末,当视力、听力
和走动能力同时减退,树木的茎、枝、
叶、荚果,分别教会人们如何去感觉。
现在虽是傍晚,天空、大地
仍在精确地运行。 我在站立躺卧中,
失去上下左右的概念——这是其他人
进入不了、爱莫能助的私人空间。
沿着满是卵石的浅河滩朝下游走,
一只鹈鹕跟着我飞了半个多时辰。

(2017)

雨后心境

雨后，我学会了辨别忧伤，
它是哪一种以及它的根源。
我想我可以接下来读读书，接下来
想想某些人。 雨这么好，为了所有人。
充满灰尘的一团冷空气，旋转旋转，
而后，停下来。 总得停下来。
我洗好茶具，等待约好的来客，
在屋顶很高的房子里，有节奏感
的声音很纯净。 耐心很清晰。

(2017)

小教堂

每天,迎接一个新恐惧。
看着树上的幼鸟。 我们童年
的悬空状态:飞出一半,落下一半。
十五岁时我选择恢复四肢的活力是为了
克服拥有以前所没有的东西的困惑。
河上废弃的铁桥,果冻状月亮,
所组成的画面。 另外我还有
其他梦想:在她身上建立一座教堂,
用手直接接触上帝。

(2017)

目击记

辽阔补偿了一种情感。
大群海鸥簇集,拖动海面来回,干涩
的鸣叫似敲击——某方面的告诫:
珍惜你的敏感,掠过耳畔的和视网膜的。
在卧室里我想着该怎样向她讲述沙丁鱼
的冰冻内心向外所展示的艳丽内脏被
俯冲下来的红脚鲣鸟啄食,
一个更大的母体如虎头鲨,
陷于失恋般的、自我吞噬倾吐的循环。

(2017)

地理志

郊外晴空,伸展开,但有一种
乡村庭院式的边际性约束。 热浪中
的蜀葵花丛。 世界的沉思状。 但没有风。
于是我坐下,忘记背后的荒野,
左顾右盼,捶着酸胀的大腿。
我只相信唯独这时候的这里的存在。
在某个划定的岁数到来之前,或在
一次追求失败之后,不忧心忡忡,
也不仅仅将我视作一个地理概念。

(2017)

仿赞美诗

下午一直很均匀,没什么可绝望的。
原野上,有很多开花植物,也有很多
无花植物。 逗留的我们
被告知:提防年轻人的快乐。
可能存在的那么多世界,
唯独这一个,使她乐意留下来。
一个优雅的女性,从来就分为胸脯以上和
胸脯以下。 卷角羊和刺猬。 宁静及其尖锐。
灿烂的白玉兰树照亮了旁边的板栗树。

(2017)

酒事

漂亮的酒店和漂亮的女士,用于
理解一种热病。 邻桌的陌生客人,把橙汁
泼到她身上,替她擦拭。 她躲开了。
接着她说她也不了解自己。
吃光了鱼身子,她读诗给我听。
你有一座金字塔吗? ——治愈遗忘。
谢谢。 我叫她"忧郁女士"。 由此
及彼对她产生好奇。 一排洁白骨骼,
保护着某种欲念。 "忧郁鱼刺。"

(2017)

依傍篇

六月初的草色和河面上
薄膜似的光,水獭在水中的
那种光滑,一种对立之后醒悟过来
的内部安宁,像母鸟和雏鸟,相依
相傍,像中心和边缘。除了看到的。
此时我的感受与过去的人们一样,相信
有花神、太阳神,照看这里,
砂泥蚁丘、红浆果荆棘、一年生花丛,
不管什么存在都允以显现。

(2017)

静观篇

观察年轻情侣奔跑于
其上的田野：重复其意志。
阳光好起来时，一切都清清楚楚。
一种令人血脉偾张的视觉冲击力。
不管怎么说，我都是个
懂得年轻人价值的老人。
我爱过，胡闹过，并长期在爱中（现在还在）。
可有时孤独起来，我想做自然之子。 坐在远
离公路的玉米地边缘。 掰玉米。 远离任何人。

(2017)

夏夜篇

夜空是倒悬的（不同于白天），
从这里伸出去，仍被地球引力抓着。
宁静是其中不可或缺的，密集构成，
可谓穿针之线。 共生状态下
危中求安的学问——
在哪儿得到最好的安排我
就在哪儿。 像一头刚喂完
草料的奶牛乐意呆在围栏附近。 周围还有
长久停顿的、合拢后的、与之相称的空寂。

(2017)

记录

抓住人们所说的，
昨天的、今天的、瞬间的。
一次昼夜转换时的空间骤缩。
择日公开我的日记，记住我曾
做过什么留意过什么，我偶尔的荒唐不正经。
从何时开始，当我们有了时间感，我们恐惧。
直到经历心脏的某次停跳，在野外，
愿意暴露我们的亲密关系，
把孩子们吸引到我们身边来。

(2017)

普通语言学

直接的感受是尖锐物。
像在蓝色上扎了个洞,
噗噗地向外喷彩纸卷。
两个孩子交谈时我在一旁听着,觉得
那么抽象,悬在一个物体的轮廓外面。
相互交换图片和玩具,身体怯于接触。
我感到有义务从一个词开始整理自己,
或放弃语言试试,或嘴里
随便含一团什么东西说话。

(2017)

仍然无知

当痛苦被词句表示时，
我们认可。 一件穿旧的裙子，
我们处理。 那是商品的条形码。 货架上
的东西都是现在或以后需要的——
有人二十岁即了解生命，
有人迟至五十岁才了解。
书生式的。 长时间静脉注射而
伸不直的手脚。 爱带来的无知。
它是一阵瞌睡接着一阵酣睡。

(2017)

身边参照物

若有这么个地方让我
变得现实起来,我就留在这儿,
乐意融入一切。 观光缆车上
的乘坐者,山色云影、树木岩石带给
他们的幻觉改变了他们——那儿便不是。
在端着托盘穿梭的侍者
和坐在碗碟面前的食客
中间,我才有存在着和醒着的感觉,
但并非人们所说的悲戚与欢喜。

(2017)

从未有过

我制造过的一个声音
在说:停下。 从未说明
被命令的对象,某个人或我自己。
一组轮子。 身体之间的相对动作。
我制造过一些工具,为了更亲密
和更好。 它们从未被真正使用过,
哪怕被拿出来擦拭一次。
我有过很多次绝望,在与人相处时,
从未被当作绝望来看待。

(2017)

一种知识或一次回忆

她下楼梯,值得记述。
有一些是她的幻影,
但总有一些是真实的。
鸟儿飞过的路上一只灰鼬跑过。
(这些并不涉及哪一种灵魂。)
她害怕出门,相信内外
差别,但楼梯无法折叠。
我们不能:以否定消失的鸟儿
来肯定现在的灰鼬;或者反过来。

(2017)

鸵鸟和什么

什么时候我有了
追问本质的想法，喜欢用
抽象概念来谈问题。
说不清楚，才用鸵鸟啊
光线啊等具体形象。
我要活得明白成为
学者或什么东西的守护者。
这是什么心理啊。 鸵鸟不
吃光线，这一点很像流星。

(2017)

米罗诗

一些字,儿童将它们
拼成句子。 我试着用
他们的短句子拼成更长的句子:
以一个妈妈来约束好天气而食蚁兽弓着
身子睡在我们的床上引来一群坏爸爸而
另一个妈妈正在厨房里唱歌淘米。
按常理这是不应该同时
出现的。 但诗正是这么
告诉我们的。 难以置信还有这些诗。

(2017)

亲近篇

观察一条河躺在冬日河床中它的
条纹，和蟒蛇在弯折的树干上熟睡它的
曲线。 傍晚回来，在灯光下整理
一天的速写册，记录为日记。 接下来
应该主动去爱一些什么。 总得如此。
亲近它们，按照一个人试图理解另一个人
的方式。 尽管可能因为陌生，没有过
肢体接触。 可能最初谁也叫不出它们
的名字，至多用一个"什么"来替代。

(2017)

认知篇

从听见到看见——两种角度，像争论，
没有结果。 我绝望地绕着一棵柿子树
移动，注意力在树上，像个疯子
或傻子。 柿子有青有红。 而此时树上的
蜜蜂们还是那般嗡嗡蝴蝶们还是那般收放双翅。
我们的认知并不可信。 爱也不能帮我们。 无法
传递信息，像隔桌呆坐的一对老年伴侣。
如果有一天，只允许保留一个器官——我保留肺。
一个只有肺的身体，自由摆动，如昆士兰海岸伞状水母。

(2017)

留恋篇

一天下午,在楼梯上,突然我感到
整个右腿麻木了。我掩饰着伸直它,
举足迈向下一级台阶,不让旁边的朋友察觉。
朋友啊,我们还拥有多少美丽的瞬间和还剩下多少?
五十岁,无碍于存在,但对存在是一个警醒。
曾经四十岁也是,却不被注意(尽管比起
盲目示爱的二十岁,我更留恋我的四十岁)。
在世界另一端,墨西哥人,按照候鸟模式设计出亡灵节。
他们自己还常常化装成亡灵,以此演示来去无虞。

(2017)

野游地

瀑布四周,这种反而由声音决定的
重叠感的寂静,甚至让人看到其中的水珠。
公路两旁,一排排搬空的房屋及其
朽败的附属物,隐现于十字荠花丛。
夜里没有门窗的担心,被安顿。
无知觉而无拘束,只要不再使用
耳朵。 作为借宿者的我们已习惯。
一切所开始时即静止的譬如圆锥体,以及
第一次接触枯干枝叶譬如松针,手的酥麻。

(2017)

为了区分

飞近时慢,而飞远时快。 或不再
以日计,而以分秒计。 河流在入海口,
变得浑浊,但在接近一片蓝色时易于区分。
空中海鸟,很轻的样子。 逼迫你去凝视
一只有斑点的蛋。 没有长出眼睛,也没有
爪和翅。 它是已知的。 但还是请你给一个称呼。
它会生出什么? 也可保持一种无名状态如
赤脚踩在日落时分嶙峋温热礁石上
的感觉,密布于一个人的脚掌。

(2017)

结伴而行

山顶上的发射塔：眺望的无边性。 一种
制度的国度对另一种制度的国度的吸引。
一个人对另一个人的判断，投射他自己。
在荒野中结伴而行，你会有这种体会。
风在漩涡边停住，寒冷随之在那儿聚集。
四面环水的渡轮码头，一群人在拍摄，
在镜头中猛然意识到自己的游客身份。
那些难以计数的小生命，以鸟舌和虫翅在树丛间
歌唱，好像当然地，并非自封地，是本地的主人。

(2017)

角

水牛的角,弯弯的,是我们的欲念,
也是我们的局限:自身的完满。
言辞被分门别类,有一类是诗(我不明白
为何要通过它来告诉别人我之所想,不甚
精确,好在人们相互的怨恨通过它来调和)。
保持一只角的弧度,即使当我们思考时;
夜里,寒气上升,在意识到我们自身时。
不是自尊或别的,是语言保护了我们的沉默,
最典型的莫过于鹦鹉,宁可采用异类的言辞。

(2017)

副作用或忘我

在镜子前,两个人拥抱,像两个
从来没有过童年的人那么忘我,
他们似乎真的没有无形部分。
文学时代,破坏我们欢喜的事物很多,
对自由的庸俗定义害了我们。 一次次
凝望,星辰在夜空中,岩石在溪水中。
仅仅是人类自己的感觉还不充分。 补充它,还有
岩羊的、水蟒的、长颈鹿的。 无可选择。 这些诗
正在成为知识而失恋的人正好读到这些诗。

(2017)

原本安静的

傍晚苹果林中的狂喜,不是
青涩的、圆的,一只只苹果,而是
白天疯狂里的原本安静的东西。
一个阶段她所获得的,欢愉、自恋、骄傲,
在下一个阶段的情绪爆发中,成了厌倦的
导火引信,像突然有了,啊,又有了
新情人。 没有人敢走近她,出于善意,
告诉她那样会怀孕,会被撕裂。 他们会说:
珍惜我们自己的不可知,至少它少于可知。

(2017)

两个地球

据我所知有两个地球：海水汹涌的——悬垂于空中的，和茫茫冰封的——留存于镜中的。分别居住着生者和死者：一个折射着另一个。更有一种哲学，由一个推论出另一个。一个熄灭，另一个升起。但获得对称。证实一种初始性。我们因信奉其中某一个而受到揶揄；修建教堂，纪念那些来不及认识就消逝的人；对地球上的早晨第二天又准时出现感到惊奇，相互迟疑地说一声"早晨好"，却心存抵触。

(2017)

途径

说话和写作,我需要两种语言与人
交流。 像枯叶蝶的伪装色。 这并无不可。
每天,都有一件陌生事物诞生,有时
两三件,有时更多(归因于月亮引力和你)。
下午游泳,边游我边考虑,怎样描写雨,怎样
穿过雨,没有任何雨具。 证明我的脆弱还有
益处(你的尺度?),但也无法保持原汁原味。
不与忧郁的人做朋友,因为我自己已经够忧郁。
在雨中苏醒。 做到全身醒来,不再提及梦中所见。

(2017)

请求

莺萝以倾诉的方式爬满
外墙壁。 阳台上晾着的衣裤,
滴水在龟背竹叶子上。 马蜂潜入卧室。
楼梯以螺旋的形式感抬起角落。
我在这儿居住多年,早忘了每日惊喜于存在
是凡夫俗子的修为。 我对从未致敬过的神祇
有个请求:请像赋予物以轮廓,天空以
天际一样,赋予我们的宁静以一个边——
有形世界那紫色逻辑,夜晚那紫罗兰色。

(2017)

婴儿

鸟声轻微且杂乱,来自墙上的
空调出水洞;那里,密封泥被老麻雀们
啄开了一个口子。 室内空气被抽走。
远处,有阔叶林覆盖。 山顶在解冻。
但清晨那边,仍明亮刺眼。
我从产妇手中接过婴儿,凑近窗户同时
拉开窗帘,让他的脸对着窗外。
他突然停止哭啼,在百叶窗裁折的条形
光纹中,努力地睁眼。 似在回答小肉体。

(2017)

副本

必须自愿有人或喊人来浴室,帮我们查看
浸泡多时的胸脯和双腿,劳损的脊椎,
工厂的粉尘留在后颈部的污垢。 在一天的
交往劳顿之后,因为痛苦的不能示人的性质
和自证的纯洁程度,谁都愿意为私密性而歌,
像菊芋、萝卜和藕含着根茎而欣喜。
为我们逝去的感觉保留一个副本。 不是影像
或文字,有计划的构思,或诱引陌生男女们共同沐浴。
巷道里一个女孩因怕黑而与人拉手,妥协以肌肤相亲。

(2017)

那些时候
——给赵卡

我有迷惘,也有坚定的
时候;喜欢朋友相聚,也有
体悟到孤独之重要性的时候;
四十岁到五十岁,这么快啊,
我常常也有这么感叹的时候。
树林间也有迷惘者,食虫鸟敲击
空心树干,蝉鸣令我反省于沉默。
但当一种陌生语言帮我修复
的时候,作为诗人我又不认同。

(2018)

傍晚河堤独坐

快乐且静。
有剩下的时间且足够。
我感到一个莫扎特正在心中形成且无声。
用以调和昨日之
善与恶、粗鲁与细腻。
我呆滞沉思的样子一定惊着了其他人。
往常我可不是这样的人。 不像一只飞蜥那么
强调生命感,滑翔,在树干间。
像水中的鹅卵石或水力发电站。

(2018)

停留

田野里有那么多
诗人喜爱的意象,
而我认识的诗人都那么悲观。
有龙舌兰和高大栗树之墙的春日,
像痛苦和甜蜜专门围绕我而建的石头建筑。
同样的情形:图书管理员在图书馆;
惧怕变化的老人,被养老院孤立起来,
因其珍惜"这里的",
不允许有物被移动。

(2018)

野外情诗

灌木丛和一些杂树。
寂静如同对世界的一个提醒。
雨后鸟鸣,被更换过一般清脆。 石头间
的水流更湍急。
这里所有的力量,是综合性力量,还有开阔。
做一对在狭小卧室里重视听觉但在
花香野外转而重视视觉的情侣也不坏。
你爱她走动时不完全醒来
的样子也可能未醒。

(2018)

河边竹林

这儿是五月。 有几根
新嫩竹子,垂到河面上。
与数年前相比,这儿变化很大,河水打着旋儿,
变得浑浊。 小时候,我拽着竹枝
慢慢下水,一边听着手捋竹叶
的刷刷声——它们,有时会令我停下来。
那边,间歇有虫吟,来自
竹子根部。 我反复说服自己:
"我不是竹鼠,我不是竹鼠。"

(2018)

肉身

不能对生活
给予诗的求证，就不能说
你在世界上生活过。
走廊上有光。 裸身穿过光，是何种感觉？
小隔间里，男女演员间的嬉戏，达到
脱离现实的艺术境界。 但有时候不能。
普遍性不是诗。 当一切
从我身上消失，我明白我是
最少的那件东西的轮廓：冬日夜。

(2018)

小荚果

今天早晨,在小区里,
两栋楼之间的拐角,我看见
一个穿着睡衣的女子,跳着去摘
路边樟树上的紫色小荚果。
她的身旁,站着一个
五六岁的男孩。
我不知道,是他让她如此,还是
出自她自己的需要,突然间,
想享受让两株植物触碰一下似的那种快乐。

(2018)

群居篇

邻居、同事、伴侣,
所有的朋友和你,应建立一种
朴素的、动物般的、非文学的和谐。
从修复本性的意义上,
接受一部分但丁。
我是一个多次给予悲伤内心
空泛承诺过的人,缩短期待。 不知晓
因何啼鸣而啼鸣的高山旋木鸟,
周遭并没有什么求助于它。

(2018)

默然对物篇

目送一颗熟识的
晨星之后,我坐下来吃早餐。
用湿纸巾擦手,擦每个手指。
如同某种土著宗教。
协调自身,和身上的每个部分;窗外疯长
的各种植物,这个季节的气味和花。
拿起面包,无法下咽。 将它掰成
一片片。 仿佛面对的是
有言语之前的一个物。

(2018)

堪比

夏日海滩,我与一个
声称经历过失明复明
的陌生男人并排坐着。
海浪暂时退去了,金黄的沙子现在十分耀眼。
他让我学着他,也闭上眼睛,听或者嗅,
"区分各种大海。"
"只要一点儿信任。"
那时我们的头顶正盘旋着一只白鹭鸶,
我感到我们的宁静真的堪比它的宁静。

(2018)

状态

"我看"且"我触摸",
直到肯定为止。
忘记无益于身心的知识,或觉察
哪儿的构造和比例关系不对。
在水中,反复擦洗一块石头,
我对自己说:这真的是石头;
爬上一株山楂树,找到
若干颗山楂:肯定这是山楂树。
无疑,我也在这里。 一直匿名。

(2018)

形式论（一）

只有痛苦的形式被人
接受而无人关心痛苦的实质。
多少诗毁于定义，像一些聪明的女人，
毁于被称为"女人"。
更多有灵性的东西也是这样：
潜鸟、旋覆花、短诗句、流星。
更多年轻人如囚徒。 他们将
看到的、听到的、嗅到的，统称为"世界"。
多少人比我糊涂，比我更爱这个世界。

(2018)

形式论（二）

形式不止是物理问题。一个
女人，躺在圆木堆上唱歌——这便是；
一群年轻人，在冰面上，排成一排滑行，
波浪状链条，迷人的转弯方式——这便是。
一帧十二点钟树冠上方夜空的照片——
枝干上，带刺毛毛虫的警告性色彩，
树下，有人在无声接吻。
如果我们足够谦逊，将看到的
诉诸形式，不可能无视它们的警告。

(2018)

清晨彷徨篇

晨星寥落的时刻即是孤独
再次返照我的时刻,
对外在事物的感觉愈加清晰。
白天稍早时,台阶和墙角的石头干了,
刺蓟草的溪边路仍显潮湿。
从山坡往上,有冬青、侧柏、肉桂,
相异气味的浓烈程度分层有序。
发现我受光的影响甚于模特在一件
麂皮紧身衣中,手脚伸展有些迟疑。

(2018)

雪篇

我们需要依附。而雪无疑
是最好的。有一种同一性，
从未被表达过。
山石和崖树，我们本可以
用全身去感受，并借助它们
记录我们来过世界一次。
在雪中，也有失忆的危险，
白色反射：直达山顶的、休克般
的寂静。但四周没有我们。

(2018)

初雪日志

十二月,我们一般
在这个月停止工作。
因为雪来了,悲伤会反复。
户外,一群跳房子的女孩,
从一个格子,跳到另一个格子里。
(虚无如此古老,以致被
当作游戏。)雪中有我们
穿着厚重衣服走来走去身体
却不能及时暖和过来的狼狈。

(2018)

初春日志

唯有田野滞于表达,
不及人的五官身子。
一排去年的草垛,被雨淋湿,又被日晒。
树林中的旧气味
尚未散去,空气中又有了
香椿树叶、白蜡树叶、
槐树叶和四脚蛇的新气味。
我用树枝摩擦自己,在太阳穴与耳朵之间。
变得那么信任自己。

(2018)

早上诗

早上醒来想到的事
首先是：我还活着，以及
继续活着有什么新目的。
为快乐原则建立行为模型：
鸟儿——飞；萤火虫——闪光；
溪石上螃蟹——举着双螯；
然后是她——在床上，
想着雨中的苹果。 但早上
太冷，容易因此被伤害。

(2018)

山间诗

黄栌、银杏、红枫,沿山脊
逶迤而列。 白翅鸟群翱翔其上。
原先一直想不明白的事现在想明白了:
心中某种辽阔的东西
不是宁静、仁慈,而是欢爱般的
白云翻滚舒卷下的无所思。
在自然中,我自忖至少是一个
哲学家,意识到"我"和"我的"
是在一条清澈见底的小溪支流旁边。

(2018)

湖边诗

晴空下我把自己比作
一本未完成的书。
在湖边，对照自然之书，补充一部分。
湿地沼泽，绵延数公里，反光
的小池塘散落各处。 鹭鸶和
秧鸡结伴而行，喙在稀泥里抖动翻筛。
湖面上，实物与其像等距离沉浮。
我因信奉种种超自然力而目空这一切，
有意识地在心中不做抵抗以平衡自卑感。

(2018)

蝴蝶诗

蝴蝶有时静止。 在他感到
茫然时。 树丛中,它飞起,落下,
间隙很短(不知草木之别
的停留是受不同纬度迷惑
的盲目飞行)。 他写巴洛克风格
的诗,取悦于一个以同样风格打扮
的女人。 "巴洛克生活,"她说,
"是飞累的蝴蝶的标本。"在他
看来,"这正是诗,或诗的装饰。"

(2018)

两性诗

我观察过琵琶鱼。
雌鱼的体型是雄鱼的五十倍,
后者钻入它的体内,将自己
交给对方,直到退化成一团生殖器。
恋人之间的争吵令人恐惧,
为片刻安宁我们不知付出过多少大海。
琵琶鱼,比我们更高级的生命。
我希望在身体尚年轻时,
像这种生物一样表达感情。

(2018)

二分法

关于时间,我们制造了
许多种戒条,其中之一:
生与死。 这种划分令人懊恼,
仿佛将阔叶铃兰与矮牵牛
进行花色对比——而往
大处说:有限与无限。 我们,
谁都想在这世界上多停留一会儿,
哪怕留下聋子式或哑巴式回忆。
疾驰的车上,我数窗外群山和树。

(2018)

自惭

做诗人久了,持续麻木,
习惯了文字的组织方式。
而夜行动物的觅食方式、
雌雄同株植物的授粉方式,
我知道得太少,不如猎人和果农。
恋爱之后,我装作对如何溢出世界
感兴趣,偶尔也去郊外看看
晒谷场上空燃烧一半的孤星,
墓地附近刚刚成林的果树。

(2018)

自诉

阅读一本书时所表现
的天真,难以被信任,像悲观
主义者在酒后的性中所获得的力量。
我身上的书卷气,让我
四处碰钉子。 但进入夜晚,
一颗孤独的心或许继续有用。
与一位女性朋友聊到感情生活,被耻笑,
被她看成是儿童自蒙眼睛躲在
课桌下面庆幸不被发现的娱乐。

(2018)

内外

一个空间在头顶爆炸,
明亮扩张至视野未及之处。
一所结构繁复,各部分相互
环绕的房子——我们对于自身
的迷惑始于它,还有窗户。
(我们创造各种神,借此保存野外的神秘。)
像掷骰子决定未来,早上,
我在无人的家中,从楼上
抛下纸片,试探空气流动。

(2018)

瞬间记

知道"存在于瞬间"这回事，
是在一辆长途客车上。
一车的旅客在熟睡。 我刚醒，
听着司机闲聊着人事。
转弯时，车子的扇形光柱，突然
照到道路一侧的一只雄鹿。
它伫立不动，望着我们。 一对
巨大、分叉的鹿角，像必然性
一样。 它的上方有东西飞过。

(2018)

后记

《蜗牛》写了近三年，现在完稿了。

它分为两辑，每辑124首，第一辑每首12行，第二辑每首9行，我的想法是，在一定的行数之内处理语义进度和语速、节奏、分行方式、空间感、重量感、色彩等因素——即言说和语言——相匹配的问题。在读者眼中，这些作品语感畅达，虽常有跳跃却显得自然，但作品背后我所花的工夫却是他们难以想象的。常常，一首诗要花去我好几天乃至数周时间，磨了又磨，改了又改（有的发表之后又多次修改），我寻求每个字、每个语句都要在它们应有的、难以替代的位置上，像古人一样炼字炼句。杜甫言"为人性僻耽佳句，语不惊人死不休"，我算是体味到了其中的滋味。

那么我为何要写这样一部诗集呢？

记得十余年前在写作诗集《枝叶》时我曾说过："我绝口不提传统，因为我就在传统中。"对于一个处于汉语语境中的写作者来说，传统是恒在的，是我们已然内化的意识和心理结构，它不仅表现在语言文字、文学、艺术、建筑、服饰等有形的形态中，更多的还隐含于习俗、礼仪、人际关系、社会契约、宗教和文化仪式，以及世界观、价值观、道德观等无形的形态中。一个文盲的中国人，仍是"中国"人，他甚至比那些生长于国外的汉学家更能体味和了解中国文化，比如慧能。因此，对写作者而言，传统就在我们的血液中，在人际交流的语言和口头表述中，在每一个汉字里，它是可以不必专门给以关注的最基本的东西；无它，不能开始写作，但若是着意强调它，就会自立藩篱，无以超越。

在很多人看来，《蜗牛》这些诗与我的那些被人视为"先锋"的诗相比较，是一种"另类"，是我又一次"回归传统"的表现——另一次是《枝叶》。但他们看到的只是表象，我对传统题材（如时间、生死、爱情等）和自然物象（如山水、日月星辰、乡村等）的纳用迷惑了他们。其实，无论是以前的《枝叶》，还是现在的《蜗牛》，与我的其他作品如《守夜人》《猛兽》《个人史》《饥饿之年》《喘息》等一样，都有着相同的、不变的精神内核和心理结构，以及对于语言和世界的关系的理解：这个时而看着小桥流水木屋的，与时而看着大桥大坝大厦的，是同一个人——现代人；前面的和后面的情境，皆是相对于我们内心而存在的外在世界——无论什么时代，世界都可简化为物和我。如果硬是要将这些诗与传统扯到一起的话，我愿意将它们戏称为"伪传统诗"。

然而，这样的写作是极其危险的，一不小心就会落入老派象征主义和乡土抒情诗式的陈词滥调的陷阱。在《蜗牛》写作之初，我给自己立下了一个写作目标：要达到"每一句话都是旧的，每一句话都是新的"的效果。一个现代诗人如何处理写烂了的题材和意象，如何让陈词旧句起死回生（有时，我有意尝试去使用一些被深度文学化或庸俗化的词句），这是一件值得琢磨的事；既要使用人人熟知的公共语言，又要借此说出为语言所遮蔽的个体体验，这实在有点难。但这个问题需要首先解决——这不单是作者语言能力和技艺的体现，更是文本存在的缘由和依据。由此，其他方式的写作才能得以令人信服地展开。我将《蜗牛》确定为即将写作的几部风格各异的系列诗集的第一部便出于这样的考虑。它的有序、简明、清晰的架构，明澈、宁静、枯淡的语境，温和、迂缓、从容的语感将在下一部诗集里被颠覆，变得无序、尖利、浑浊、湍急、纷乱。

短暂休整之后，我又要重新开始。

2018 年 3 月 23 日

附：余怒创作年表

1985年3月，写下第一首新诗，题材是爱情诗。

1987年7月，在《湖南文学》发表诗歌处女作《标本》，自上海电力学院毕业，回家乡工作。

1988年9月，写作长诗《毁灭》。此后，开始陆续毁去历年的旧作。

1991年5月，写作短诗《病人》。

1992年8月，写作短诗《守夜人》，取笔名余怒。12月，自费印行小报《混沌》，用以刊发自己的作品。

1993年5月，印行《混沌》第二辑。6月，写作短诗《苦海》。8月，开始写作长诗《松弛》。10月，写作短文《从有序到混沌》，提出"混沌"诗学概念。完成《松弛》。12月，印行《混沌》第三辑。

1994年9月，开始写作千行长诗《猛兽》。

1995年3月，完成《猛兽》。4月，写作短诗《剧情》。7月，《猛兽》在诗人吕叶主持的大型民刊《锋刃》上发表。

1996年2月，完成诗作《网》。10月，完成《目睹》《履历》《匿迹》等诗作。

1997年6月，获第一届"双子星新诗奖"。7月，前往北京进修。9月，写作论文《感觉多向性的语义负载》。

1998年3月，完成诗作《问题》。11月，自印《余怒九十年代作品选》；写作短诗《写作者的现实》；写作论文《体会与呈现：阅读与写作的方法论》。

1999年2月，诗集《守夜人》收入诗歌评论家黄粱先生主编的《大陆先锋诗丛》，由唐山出版社出版。7月，进修毕业回乡。

2000年10月，写作论文《体会与呈现：写作与阅读的方法论》。

2001年，写作短诗《这一分钟》。

2002年，写作短诗《故事性》《溺水者》等。

2003年，写作短诗《孤独时》；应邀为《诗歌月刊》主持"先锋时刻"栏目。

2004年11月，自印诗集《余怒诗选集》。

2005年，写作短诗《一件东西》。3月，余怒诗歌朗诵会暨诗集《余怒诗选集》首发式在合肥牧云人书吧举行。11月，开始写作系列短诗《枝叶》。

2006年4月，完成系列短诗《枝叶》第一辑，由诗人小鱼儿赞助出版。8月，写作短诗《十年前》《等着鳗鱼》《享乐与螃蟹》等。

2007年1月，获第二届明天·额尔古纳双年展诗人奖。3月，写作短诗《众所周知的立方体》。4月，写作短诗《自然有着可以理解的方式》《交换》；《余怒吴橘诗合集》由诗人世中人主持的汉语诗歌资料室编辑出版。7月，写作长诗《个人史》。

2008年3月，写作短诗《主与客》。4月，开始写作长诗《饥饿之年》。5月，获第三届或者年度诗歌奖。8月，诗集《现象研究》由诗人道辉、阳子主编的《诗丛刊》编辑部编辑出版。10月，诗人万家超策划的《余怒短诗选》由群言出版社出版。

2009年3月，写作短诗《刺猬论》。5月，写作短诗《钢筋问题》。

2010年6月，诗人潘洗尘主编的《诗歌EMS周刊》出版《余怒诗歌快递：轻信之年》。

2011年7月，完成长诗《饥饿之年》。8月，开始写作系列短诗《诗学》。11月，重庆诗人张尹主编的《现代汉诗》编辑出版《余怒集：个人史》。

2012年3—10月，写作长篇小说《蜘蛛的上帝》。11月，继续写作《诗学》。

2013年4月，完成《枝叶》第二辑。8月，《蜘蛛的上帝》由诗人黄运丰和白度运营的韦编文化机构编辑出版。11月，开始写作系列短诗《喘息》。12月，《蜘蛛的上帝》更名为《恍惚公园》，以"缩写本"的形式发表于《百花洲》2013年第6期。

2014年4月，《恍惚公园》单行本由百花洲文艺出版社出版。5月，开始写作系列诗学论文《在历史中写作》，完成论文《实在、历史话语链和原创力》和《语言规约和言语化》。6月，完成论文《话语循环的语言学模型和协调机制》。11月，完成论文《去文学化、日常口语和个人标记》。12月，诗集《主与客》由长江文艺出版社出版。

2015年5月，诗人潘洗尘主编的《诗歌EMS周刊》出版《余怒诗歌快递：喘息》。7月，余怒诗歌朗诵会暨诗集《主与客》首发式在合肥许多余画廊书店举行。8月，开始写作诗集《蜗牛》。

2016年3月，获《红岩》杂志社"红岩文学奖·中国诗歌奖"。7月，获《十月》杂志社2015年度十月诗歌奖。12月，完成论文《语言的自然性、分类体系和族类习俗》。

2017年，完成《蜗牛》第一辑，写作第二辑。

2018年元月，获漓江出版社第一届年选文学奖·2017中国年度诗歌特别推荐奖。2月，作为飞地书局"驻留计划"入选诗人，进驻深圳南头飞地书店一个月。

2018年3月，完成诗集《蜗牛》。7月，同时写作不同风格的《转瞬》和《鳗》。

图书在版编目(CIP)数据

蜗牛/余怒著.—南京:江苏凤凰文艺出版社,
2019.6
ISBN 978-7-5594-3415-9

Ⅰ.①蜗… Ⅱ.①余… Ⅲ.①诗集-中国-当代
Ⅳ.①I227

中国版本图书馆 CIP 数据核字(2019)第 040240 号

蜗牛

余怒 著

责任编辑	李 黎
装帧设计	璞 间
责任印制	刘 巍
出版发行	江苏凤凰文艺出版社
	南京市中央路 165 号,邮编:210009
网 址	http://www.jswenyi.com
印 刷	苏州越洋印刷有限公司
开 本	880 毫米×1230 毫米 1/32
印 张	8.75
字 数	168 千字
版 次	2019 年 6 月第 1 版 2019 年 10 月第 2 次印刷
书 号	ISBN 978-7-5594-3415-9
定 价	48.00 元

江苏凤凰文艺版图书凡印刷、装订错误可随时向承印厂调换